아이돌

아이돌

초판 1쇄 발행 | 2024년 8월 5일

지은이 | 정구복·천지윤·최하나·유이립
펴낸이 | 박영욱
펴낸곳 | (주)북오션

주 소 | 서울시 마포구 월드컵로 14길 62 북오션빌딩
이메일 | bookocean@naver.com
네이버포스트 | post.naver.com/bookocean
페이스북 | facebook.com/bookocean.book
인스타그램 | instagram.com/bookocean777
유튜브 | 쏠쏠TV·쏠쏠라이프TV
전 화 | 편집문의: 02-325-9172 영업문의: 02-322-6709
팩 스 | 02-3143-3964

출판신고번호 | 제 2007-000197호

ISBN 978-89-6799-834-9 (43810)

정구복　　천지윤　　최하나　　유이립

아이돌

Bookocean

차 례

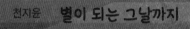

"야, 봄이 왔다~."

유나가 앞문을 열고 급히 들어온다.

그럼 봄이지 여름이냐는 듯, 친구들은 시선을 주지 않는다. 잠시 후 담임이 열린 문 사이로 들어왔다.

"와아~!"

교실 구석구석에서 신음 같은 탄성이 번졌다. 한눈에 봐도 우리와 다른 종자 같은 아이를 담임이 데리고 들어왔다.

"자, 오늘부터 우리 반에서 같이 생활하게 된 친구다. 홍콩에서 와서 낯선 것이 많을 거야. 잘 알려주고 친하게 지내라. 알았지?"

"네."

교실 천장으로 함성이 울렸다.

"봄이. 자기소개 해."

"얘들아, 안녕. 신봄이야. 잘 부탁해."

고개도 숙이지 않고 오른손을 흔들며 인사하는 것이 맘에 들지 않았다. 고개를 들고 봐야 할 정도로 큰 키에, 흰 블라우스 속으로 배꼽이 보일 듯 말 듯한 개미허리, 거기에 꼭 낀 치마 밑으로 한참을 내려다봐야 하는 곧은 다리까지 마음에 들지 않았다. 9등신을 증명하듯, 일부러 칠판에 기댈 듯 말 듯 교단 옆에 서서 웃음 지으며 말했다.

"봄이야, 저기 지우 옆자리로 가서 앉으면 되겠다. 하지우, 이 책상 좀 가져가줄래?"

"제가 하겠습니다."

앞자리에 있던 명규가 벌떡 일어나 교탁 옆에 붙은 책상을 번쩍 들고 내 옆으로 왔다.

"지우야 안녕! 잘 지냈지?"

봄이의 소 눈깔 같은 시선을 외면하고 고개를 숙여 책가방에 손을 넣었다. 잘 지냈다고 할까, 폭망이라고 할까 망설이며 천천히 고개를 들었는데, 답변할 필요가 없었다. 여자아이들이 너나없이 봄이 근처로 모여들었다.

봄이의 중학교 동창 유나가 이번에도 먼저 나선다.

"홍콩은 어땠어? 이제 너, 중국인 된 거야?"

"노우, 코리언."

"너 이젠 키가 몇이야? 몸무게는?"

"노코멘트."

"뭐야, 너 진짜 아이돌 된 거야?"

"옙!"

"너희들끼리 무슨 얘기하는 거야? 무슨 아이돌?"

저마다 한 마디씩 묻는 사이에 어느새 1교시 영어 선생님이 들어왔다.

"지우야, 오늘 시간표가 어떻게 돼?"

나는 답을 하지 않고 책상에 엎어졌다. 영어 선생님은 잠자는 아이를 아랑곳하지 않고 수업한다.

"지우야, 자니?"

귀찮게 자꾸 묻는다.

나는 결코 잠을 자는 것이 아니다. 너랑 어떻게 지낼지 생각하는 중이다. 다시 너를 좋아해도 되는지 생각 중이다. 머리가 복잡해서 고개를 들지 못하는 나에게 봄이는 자꾸 어깨를 만지며 정신 차리라고 한다.

그러다 정말 잠이 들었나 보다. 함성에 다시 눈을 떴다.

"굿, 베리베리 베리~ 굿."

봄이가 내 영어책을 집어 들고 읽었는데, 선생님의 칭찬과 아이들의 환호성이 이어졌다. 잠결에도 발음이 예사롭지 않았다. 하긴 외국에서 국제학교에 다녔으니, 그 정도야 기본이겠지 생각했다. 잘하는 것마저도 좋게 봐주고 싶지 않았다.

1교시 쉬는 시간 종소리와 동시에 또 아이들이 모여들었다. 나는 밖으로 밀려 나갔다.

2교시 수업 시간에도 나는 책상에 고개를 박았다. 오전 내내 그렇게 보낸 것 같다. 점심시간에 눈을 떠보니 옆에는 아무도 없었다. 주변이 조용해지고 옛 일이 주마등처럼 떠올랐다.

꿈에 부풀던 중1 때, 봄이가 아무런 이야기도 없이 야반도주하듯 사라진 이후 내 생활은 엉망이 되었다. 댄서가 되겠다는 꿈을 잃었다. 봄이 전학 간 이후 나의 중학 시절은 선잠을 잔 것 같았다. 마음 편히 숙면한 기억이 없다. 과거의 기억을 잊고 싶어서 집에서 멀고 친구들이 선호하지 않는 신설 학교를 선택했다. 나의 과거를 아는 친구가 거의 없는 학교에서 마음 다잡았는데, 복병을 만났다. 또다시 내 앞에 나타난 신봄이.

봄이 왔다. 햇살이 잘 드는 화단에 봄이 찾아왔다. 아직은 아닌 것 같은데 목련이 봉오리를 틔우고 있었다. 새하얀 속살을 보여주려 한다. 건너편 자목련도 이제 움직일 기세다. 고개를 길게 내민 노란 냉이꽃이 지고 이름 모를 풀들이 화단을 녹색으로 물들이고 있다. 꽃샘추위의 시샘에도 만물은 생동하고 있었다.

"새봄이 싫다."

변덕스러워서 싫다. 뿌연 미세먼지는 내 인생 같아서 싫다. 변덕스러운 날씨에 어중간한 옷이 싫다. 지금 나에게 펼쳐진 봄에 짜증이 난다. 떠나버린 버스 같다.

고등학교 3년만 고생하고 대학 가서 멋진 인생을 펼치리라 다짐했다. 학원에 다닐 수 없기에 수업을 잘 듣고 내신으로 목숨 걸고 '인 서울'을 목표로 했다. 그 시작은 수업 충실인데, 벌써 일주일째 오전에는 잠을 잔다. 처음에는 엎어져서 귀를 쫑긋했는데 이제는 잠이 온다. 잔인한 4월에 나는 속잠에 빠졌다. 페이스가 무너졌다. 오후에 눈을 부릅떠도 오전 수업은 이미 흘러버린 물이다. 다 봄이 때문이다.

쉬는 시간이면 아이들이 내 자리로 모여든다. 좀 더 정확히 말하면 신봄이를 보러 몰려든다. 옆 반 아이들은 물론이고 심지어 선배 오빠들도 복도에서 껄떡댄다. 듣지 않으려

해도 곧 아이돌로 데뷔한다고 하고, 유나는 자청해서 팬클럽 회장을 한다고 열성이다. 심지어 나에게 '봄이 봄' 클럽의 부회장을 맡아 달란다. 과거는 가고 밝은 미래가 온다나.

오늘은 유난히 더 정신없다. 월요일이고 봄이가 조퇴하지 않아서이다. 오전 수업 후 검은색 밴에 실려 가는 봄이가 오늘은 교실에 있다. 점심시간에는 뭔 샐러드를 먹고 쉬는 시간에는 밖에서 싸돌아다니다 돌아온다. '다른 반 학생 출입 금지'라는 코팅지가 교실 앞뒷문에 붙은 이후 봄이는 쉬는 시간에 어디론가 사라진다. 소문에는 2, 3학년 선배들 여럿이 플러팅했다고 한다. 엄마 닮아서 꼬리 치러 다니겠지 싶었다.

오전에는 내가 책상에 이마를 박고 있었고 오후 수업에는 봄이가 계속 조막만 한 머리통을 보여줬다. 7교시 자율 활동 시간에 담임이 들어오고 나서야 둘이 동시에 허리를 폈다.

"하지우, 이제 그만하지?"

때 아닌 귓속말에 소름이 돋았다.

"뭐, 뭘 그만해?"

눈이 마주쳤다.

그러자 봄이는 눈에 작은 눈물이 핑 돌며 입으로는 웃으며 손을 내민다.

"지우야, 나 힘들어."

"나는? 난 힘들 힘도 없어."

왼손을 콧등 위에 올리고 작게 말했다.

"오늘, 뭐해? 시간 있지?"

"아니 바빠."

"뭐, 바쁘다고? 나는? 나는 뭐 널널해서 너랑 말 섞는지 아냐?"

"그래, 바쁘신 아이돌이신데 어쩐 일로 오늘은 조퇴를 안 하시고?"

"너랑 풀려고. 너랑 말하고 싶어서 억지로 시간을 냈다. 됐냐?"

옥신각신하는 사이에 담임은 나가고 유나가 다가와서 더 이상 말을 이어가지 못했다.

"야, 너희만 친하기야? 담임 말 들었지? 뭐 할 거야?"

"뭐를? 뭐해야 하는데? 나는 월말고사 준비로 시간 내기 어려운데."

"봄. 한국은 월말고사 없어요. 여긴 홍콩이 아니에요."

유나가 친절한 말투로 담임 흉내를 낸다.

"연습생은 한 달마다 테스트 받는 것 있잖아. 그거 준비하느라 봄이가 바쁘다는 거야."

봄이가 손을 올려 나도 모르게 하이파이브를 했다. 내가 왜 봄이를 두둔했는지는 모르겠다.

"오, 짝꿍이라고…. 봄아, 연습생들도 테스트를 받아? 맞니?"

"응. 이번 달 테스트가 엄청 중요해. 그렇지만, 너희와 하는 일이면 짬을 내야지."

"그치, 그치. 우리 댄스 동아리 만들자. 담임이 학급에서 5명 이내로 모둠 만들어서 자율활동하래. 어차피 하나는 해야 하니까, 우리 댄동 하자. 중1 때도 지우 너도 봄이랑 댄동이었잖아."

"난 춤 끊었어."

매몰차게 잘라 말했다.

"술이냐? 뭘 끊어. 그때는 지우 네가 봄이보다 잘 췄잖아."

"맞아, 그때는 지우가 나보다 한 수 위였지. 지금은 다르겠지만."

봄이의 말에 괜한 승부욕이 발동해서 댄동을 하자고 말할 뻔했다.

"난 허리도 아프고 이제 춤 안 춰. 그리고 나는 명규랑 문학 동아리 하기로 했어."

"문학? 야 이명규, 명규야. 이리 와 봐."

유나의 호출에 명규가 강아지처럼 냉큼 달려왔다.

"야, 너 지우랑 문학 동아리 할 거야? 아니면 봄이, 지우, 나랑 넷이 댄동 할 거야?"

"지우랑 시 창작하기로 했는데…. 댄동? 지우만 괜찮다면 나는 다 좋아."

"됐어, 이제부터 말하지 마. 우리 넷은 댄동이다. 동시에 우리는 봄이 팬클럽이다. 끝. 흩어져~."

유나의 일방적 선언과 함께 종이 울렸다.

종례를 마치고 봄이와 더 이상 말을 하고 싶지 않아 화장실로 갔다. 한참을 일없이 변기에 앉아 있었다.

나보다 춤을 잘 춘다고? 그렇겠지. 그렇지만 봄이 춤의 기본은 내가 초등학교 때 다 알려준 건데, 아이돌이랍시고 우쭐대는 모습이 꼴사납다. 나보다 춤 잘 추는 아이는 없었는데, 봄이의 등장으로 이유 없는 1패를 당하고 나니 기분이 나빴다.

신봄이 싫다. 오기가 스멀스멀 올라왔다. 시 창작반을 만들려고 했는데 댄스 동아리라니….

아무런 인기척이 없어 화장실 문을 열고 나왔다. 밀어도 열리고, 당겨도 열리는 문이 꼭 내 꼴 같았다.

교문을 나서는데 그 검은 차에서 봄이가 달라붙었다.

"하지우, 같이 가자."

"나 바빠, 갈 데 있어. 내일 봐."

뒤로 보지 않고 걸음을 재촉하는데 봄이가 팔짱을 꼈다.

"떡볶이 먹으러 가자. 엄청 매운 거."

"나 바쁘다니까, 됐어."

"바쁜 친구. 조금만 시간 내줘. 쪼금, 쬐끔만."

어찌나 팔을 꼭 잡는지 뿌리치려 손에 힘을 주다가 눈이
마주쳤다. 봄이의 웃음과 강압에 끌려 분식점으로 들어갔
다. 나는 아무 말도 어떤 행동도 하지 않았다. 봄이가 알랑
거리며 키오스크에서 터치하고 물을 들고 자리로 돌아왔다.

"할머니 잘 계셔? 할머니가 해주시던 떡볶이 맛있었는
데. 아버지는… 돌아가셨다며. 미안해. 인사도 못 드리고.
지금도 거기 살지? 오늘 할머니께 인사드리러 갈까?"

"아니."

매정하게 대답했다.

"지우야, 나 원망 많이 했지? 미안해. 나도 어쩔 수 없었
어. 엄마가 새아빠 따라서 홍콩 간다는데 어떻게 하니? 거
기서 계속 너를 생각했어. 너랑 만날 날만 생각하며 춤추고

노래하고 그렇게 보냈어. 내가 너를 버리고 싶어서 그런 건 아니라고. 내 마음 알지? 아, 우리 꺼 나왔다. 내가 가져올게."

여전히 호들갑이다.

쟁반 위에 올려진 음식들은 내가 좋아하는 것들이었다. 아니, 정확히 말하면 우리가 함께 즐겨 먹던 것들이었다. 그래도 손이 가지 않았다. 봄이가 억지로 포크를 손에 쥐여줘서 하나를 찍어 먹었다. 급식을 걸러서인지 맛있었다. 봄이는 물만 먹었다.

"너는 안 먹어?"

"응. 배불러."

"뭐? 놀리냐? 나도 안 먹어."

"그래. 먹을게."

그러고는 우걱우걱 튀김 몇 개를 넣더니, 갑자기 배를 부여잡고 밖으로 나갔다. 봄이는 10분 정도 지나서야 자리로 돌아왔다.

"어디 안 좋아?"

"흐. 다이어트 중이라 그런지 매운 게 속에서 안 받네. 괜찮아, 약 먹고 왔어."

"갈까?"

"그래, 오늘은 가자. 또 오자. 내 번호 저장."

"아프지 마라."

시켜놓은 건 얼마 먹지 못하고 헤어졌다. 그래도 허기진 속에 뭔가 들어가니 새순이 돋는 느낌이었다.

★★★

고깃집 아르바이트로 정신없는 중에 폰이 울렸다. 이 시간 나에게 전화나 문자를 보낼 사람은 없다. 요즘 할머니 건강이 부쩍 안 좋아지셨는데 혹시나 할머니인가 싶어서 확인했더니, 봄이였다.

"바빠 죽겠는데….'

폰을 앞치마 주머니에 넣었다.

10시가 넘어가면서 써빙 일이 적어져서 폰 속 영상을 눌렀다. 봄이가 춤추는 영상이었다. 몇 초만에 달라진 봄이를 확인할 수 있었다. 봄이의 에너지와 열정이 연습실 곳곳에서 느껴진다. 반짝이는 대형 거울 앞에서, 봄이는 빛에 반사된 자신을 향해 미소를 띤 채 큰 눈을 뜨고 있다. 무대 위에서의 빛나는 순간을 그리는 듯하다. 내가 강조했던 눈빛이라 움찔했다. 음악과 함께 움직이는 선은 역동적이고 부드

럽다. 댄스 루틴의 부분마다 표정은 변화하며, 손과 발이 공명하듯 음악을 표현하고 있다. 우아하게 이어지는 연결 동작 중에 자유가 느껴진다. 손과 팔은 공중에서 곡선을 그리고, 발은 땅을 미끄러지지 않게 지탱하며 몸은 공중으로 날아오른다. 땀이 얼굴에서 온몸으로 흘러 옷이 젖어 갈수록 표정은 더 밝아진다. 동작이 강렬해질 때, 봄이의 감정 표현은 더욱 화려하고 정교해진다. 손목을 휘둘러 공중에서 여러 패턴을 그리며 무대 위의 눈부신 순간을 상상하며 연습하는 것 같았다. 힙합, 왁킹, 락킹 등 다양한 댄스 스타일을 완벽하게 소화하고 있었다. 우먼스트리트파이터 같은 대스 경연대회에 나가도 경쟁력이 있을 만했다.

영상의 마지막 장면에는 하트를 앙증맞게 마구 날리며 "지우야, 사랑해!"라고 입 모양으로 외친다.

봄이의 댄스에는 어린 시절 우리가 숱하게 연습했던 동작이 숨어있었고 나는 그것을 알아차릴 수 있었다. 어느새 내가 봄이 옆에서 함께 춤을 추는 상상에 빠졌다. 봄이의 눈은 빛나고 춤에는 무대를 향한 열망이 담겨있었다.

집으로 돌아오는 버스에서 영상을 반복 연습하듯 몇 번이고 돌려 봤다.

'인정! 이제 나보다 잘하네. 쩝.'

봄이의 영상으로 집으로 돌아오는 길이 외롭지 않았고
피곤이 겹쳐 잠을 푹 잘 수 있었다.

"소망이가 죽었어."
잠결에도 봄이의 울음임을 금방 알아차릴 수 있었다. 눈
물이 없는 친구라 한 번 울면 세상 떠나가듯 질리게 운다.
"누구? 왜?"
"소망이가 죽었다고."
폰 속의 흐느낌이 옆에서 우는 아이처럼 고스란히 전해
졌다. 머릿속에서 봄이와 나의 공통분모를 찾아도 소망이는
없다.
"소망이가 누군데?"
"내 친구. 난 몰라. 나도 죽을 거야."
순간 정신이 퍼뜩 들었다. 허리를 직각으로 일으켰다.
"봄이야, 봄이야. 내 말 들리지?"
아무런 대꾸도 없이 울음만 계속이다.
"봄이야, 대답해봐. 내 말 들리지?"
"흐응."
"그래, 크게 심호흡 해봐. 천천히. 내가 말하는 대로 해.
전화 끊지 마."

"난 이제 어떡해?"

"괜찮아. 괜찮을 거야. 내가 갈까?"

"네가 어딘지 알고 와?"

"주소 찍어. 택시 타고 갈게."

"…."

울음소리가 작아지고 있었다.

"야, 신봄이. 대답해. 내 말 들리지. 괜찮지?"

더 이상 울음소리, 어떤 소리도 들리지 않았고 통화가 끊겼다.

어떻게 된 걸까? 설마. 그래, 신봄이는 그럴 용기가 없는 아이다. 비겁한 애다. 쾌활한 애다. …그런 봄이가 죽음을 생각할 리가 없다.

불길한 생각을 지우려 봄이의 밝은 면을 생각해 냈다. 폰에서 봄이의 흔적을 찾았다. 책상 서랍을 열어 일기장과 앨범을 뒤졌다. 버려둔 낡은 휴대폰 속에 봄이와 공연했던 앨범이 있었다. 초등학교 5학년 때부터 같이 춤추고 공연했던 사진이 무더기로 쏟아졌다. 지하철 역사 간이무대에서 6개월 간 토요일마다 공연한 기록이 그대로 있었다. 중1 이후 기록은 없다. 이럴 때가 아니다 싶어 다시 정신을 가다듬어 봄이와 연락할 방법을 찾았다.

안 쓰는 폰에 저장된 봄이 엄마의 전화번호가 있었다. '홍
서윤.' 내 엄마도 아닌데, 나는 봄이 엄마를 엄마라고 불렀
고 엄마처럼 생각했다. 이제는 의미 없는 이름이다. 삭제 버
튼을 눌렀다. 아차 하는 생각이 들었지만 이미 되돌릴 수 없
었다. 삭제하니 미련이 남는다. 미련스럽게.

공기계가 되어 버린 폰 속 앨범에 우리의 추억이 고스란
히 남아있었다. 내가 봄이와 춤을 춘 것은 아버지와 봄이 엄
마를 연결해주려는 노력이었다. 봄이 집에 놀러가면 봄이
엄마가 좋아서 아버지와의 결혼을 상상했다.

대학교 때 신춘문예로 등단한 아버지는 이런저런 문학지
에 글을 실었고, 아버지가 쓴 시에 빠진 애독자와 결혼했지
만 결국 아버지를 버리고 떠나셨다고 했다. 아버지는 그것
도 사랑이라며 엄마를 보내드렸고, 남들이 쓴 글을 교정하
며 언제가 명작을 남길 것이라고 술버릇처럼 말했다.

내가 초등학교 5학년 때 봄이와 출전한 댄스 페스티벌에
서 아버지는 봄이 엄마, 홍서윤 씨를 보고 반했던 것 같다.
술을 끊었고 회사를 그만두고 일을 나가서 돈을 벌기 시작
했다. 아버지는 봄이와 내가 출전하는 모든 대회에 응원하
러 왔고 자연스럽게 봄이 어머니와 연락하는 일이 자주 생
겼다. 공연을 마치고 한 가족같은 분위기에서 식사하며 대

화를 나누는 기회가 많아졌다. 아버지 휴대전화 배경 화면은 네 명이 찍은 사진이었다. 아버지는 순문학에나 나오는 짝사랑하는 소년처럼 변해갔다.

우리는 아빠와 엄마를 밀어주자고 했다. 우리가 아이돌로 데뷔해서 아빠와 엄마를 연결해주자고 약속했다. 지금 생각하면 어처구니없는 일이지만 그때는 그게 가능하다고 믿었다. 그래서 더 죽기 살기로 춤을 췄다. 아버지의 결혼보다 엄마가 생기는 일이라서 좋았다. 사춘기 소녀의 외로움을 처방하는 약이 엄마였다. 춤추는 것은 뼈를 갈아 넣어도 즐거웠고 그럴 이유도 충분했다.

그런데 댄스대회를 준비하던 중에 봄이가 말없이 떠났고, 모바일 청첩장과 함께 봄이의 새아버지와 찍은 가족사진을 보내왔다. 그리고 한 달 정도 후에 아버지는 공사장에서 추락사했다. 아버지의 죽음과 봄이 엄마의 재혼은 아무 관계가 없을 것이다. 그런데 나는 아버지의 죽음을 무엇과 연결해야 했다. 뭐라도 증오해야 아버지를 놓지 않을 수 있었다. 내게 돈 몇 푼 남기려고 아버지가 가셨는지도 모르겠다. 그러나 알량한 가장의 염치는 할머니를 쉽게 노쇠하게 했고, 나는 몇 번이고 아버지를 따라 뛰어내리고 싶은 충동을 견디며 살아왔다.

"안 자?"

소변을 보고 나오시는 할머니의 인기척이다.

"자."

불을 껐다. 잡생각에서 새까만 아빠가 그리워져 눈물이 흘렀다.

"보고 싶어요. 아빠!"

날이 새기까지 까만 어둠이 흘렀다.

밥솥에 눌어붙은 누런 밥을 확인하고 반찬통 몇 개를 꺼내놓고 집을 나왔다.

이른 시간의 버스에도 승객은 분비고 표정 없는 얼굴에 귓속을 틀어막고 애환을 숨기며 뭔가를 듣는다. 학교에 도착해서 교문이 보이는 벤치에 앉았다. 봄이의 모습을 조금이라도 빨리 발견하고 싶었다. 한 시간여를 멍때리고 돌아섰다. 봄이는 조례 시간까지 교실에 나타나질 않았다. 담임이 나가고 창가에 붙어서 밖을 보았다.

1교시 시작종이 울리고 조금 지나 검은색 밴이 들어오는 것이 보였다. 곧 차에서 내리는 봄이를 볼 수 있었는데, 영어 선생님이 들어왔다. 수업이 시작되고 10여 분이 지나도 봄이는 내 옆으로 오지 않았다. 안 되겠다 싶어서 손을 번쩍 들었다. 선생님은 짜증을 숨기는 얼굴로 나를 봤다.

"선생님, 화장실 가면 안 돼요?"

"안 돼. 왜?"

"…."

대답 없이 아랫배를 쥐었다.

"갔다 와. 빨리. 그리고 수업 중간에 끊지 마라. 시험 범위까지 바쁘다."

복도에서 현관까지 한숨에 달려 밖으로 나갔다. 이리저리 고개를 좌우로 돌려 봐도 차는 보이지 않았다. 2층 1학년 교무실로 달려 안을 기웃거리는데 마침 담임이 나왔다.

"지우, 지금 수업 중 아니야?"

"봄이는요?"

"봄이? 갔어. 왜?"

"어딜요?"

"그걸 내가 어떻게 알아? 조퇴야. 어서 들어가."

용무가 끝났다는 듯 화장실 쪽으로 간다. 아무 소득 없이 교실로 들어왔다.

영어 수업만이 아니라 이후 수업에도 집중할 수 없었다. 휴대폰을 보고 만지작거리다 하루를 보냈다. 궁금하면 전화를 걸어야 하는데 아직은 그게 쉽지 않았다. 지금 봄이를 눈앞에서 봐야 안심할 수 있을 것 같았다. 알바 고깃집에서 불판을 닦으면서 아무 일이 없을 것이라는 생각으로 걱정을 닦아냈다. 손님이 뜸한 틈을 타서 통화버튼을 몇 번 눌렀지만, 전화를 받지 않았다.

알바를 마치고 자포자기 심정으로 버튼을 눌렀는데, 이번에는 연결이 됐다.

"괜찮아?"

어떻게 된 것인지 물어야겠지만, 우선 봄이 상태가 궁금했다.

"죽겠어. 힘들어."

지치고 숨 가쁜 목소리가 작게 들렸다.

"안 돼."

"뭐가? 야 끊어. 나중에⋯."

봄이가 끊어버렸다. 나중은 없었다. 그래도 봄이 목소리를 들었고 살아 있으니 다행이라고 생각했다. 집에 와서도 휴대폰을 손에서 놓지 못했다.

자정이 다 되어갈 무렵 봄이에게서 전화가 왔다.

"늦었지? 그래도 네가 먼저 전화해줘서 고마워."

"알았어. 어떻게 된 거야? 어디야?"

"집. 아까는 연습하다 잠깐 쉬는 시간에 통화한 거야."

"연습실이었어? 친구가 죽었다며?"

"친구? 아, 소망이, 잊어야지."

"뭐? 친구라며. 친구를 그렇게 쉽게 잊냐?"

"왜 그래, 지우야. 나 지금 힘들어. 너랑 싸울 힘 없어."

"야, 너는 맨날 힘들다고 하더라. 나는 안 힘드냐?"

"그래, 알았어. 미안. 근데 뭐, 뭐가 궁금해?"

"어이 상실이다. 네 친구 소망이가 죽었다며? 그게 궁금하다. 됐냐?"

"아, 소망이. 응 소망이가 은솔이에게 먹혀서 죽었어."

"그게 무슨 말이야? 은솔이는 또 뭐고?"

"짧게 말할게. 강화에 사는 할아버지가 가족끼리 먹을 유기농 쌈을 재배하는데, 보내주신 쌈에 딸려서 소망이가 왔어. 조그만 명주달팽이야. 내가 연습하고 오면 나를 반겨준 친구야. 그런데 내가 바빠지고 소망이가 외로울 것 같아서 마트에서 아프리카 달팽이 은이랑 솔이 두 마리를 사 왔어. 이 녀석들이 몸집이 커. 소망이 10배는 될 거야. 어제 연습을 마치고 왔는데 달팽이 집에 소망이가 없는 거야. 이리저리 찾아도 없어. 그래서 은이 주둥이를 보니 소망이 흔적이 보여. 그래서 솔이를 집어 들어 입을 보니 소망이 껍데기가 보이는 거야. 이 녀석들이 소망이를 먹은 거라고."

"뭐야, 그럼. 사람이 아니고 소망이, 아니 아니, 달팽이가 죽었다는 거잖아.”

“응. 왜?”

“뭐, 왜라고? 너는 내가 얼마나 걱정했는지 알아?”

“뭘, 걱정해?”

“뭐? 됐어. 끊어.”

휴대폰을 침대에 던졌다. 달팽이 죽은 걸 가지고 그 난리를 치고 거기에 놀아난 내가 멍청했다. 오늘도 또 잠을 잘 자기는 글렀다. 봄이는 늘 그런 식이었다. 똥을 싸놓으면, 치우는 건 나다. 정작 원인 제공 한 자기는 아무렇지도 않고 나만 못산다. 자가 발전 하는 내가 늘 문제다. 분한 생각이 들었다.

그런데 이상하게 그 기분이 곧 사그라들었다. 나쁘지 않았다. 친구를 다시 얻은 듯한 묘한 기분이 들었다.

★★★

“봄이야. 오늘은 늘월산 데이다.”

유나가 봄이 허리를 안으며 말한다.

“늘월산? 그게 뭐야?”

어깨를 세우고 고개를 까딱이며 봄이가 웃었다. 남들 앞에서는 잘 웃는 봄이다. 유나는 내 앞에선 오만상이다.

"늘품고 월요인 산책 데이! 점심시간에 교문을 나가서 공원을 산책하는 날이야. 한 달에 한 번이라는 게 아쉽지. 늘 나가고 싶은데. 넌 늘품고 학생이면서 아직도 그걸 모르냐?"

"난, 바쁘잖아."

"그러시겠지. 아침에만 살짝 등교하는 애를 학생으로 봐줘야 하는 건지. 야, 하지우. 너 봄이에게 잘해라. 얘 곧 데뷔하면 후회한다."

유나가 더 가깝게 봄이에게 달라붙었다.

"그렇게 쉽게 데뷔가 되냐? 아무나 다 데뷔시켜준대?"

"아무나? 내가 아무나야?"

갑자기 울상이 된 봄이가 밖으로 뛰어나갔다.

순간 당황했다. 놀라서 잠시 멈칫하고 뒤따랐다. 봄이가 보이질 않는다. 건물 뒤편을 돌아 쓰레기 분리수거장 쪽으로 가는데 봄이가 건물 모서리에서 나타났다.

"야, 놀랐지?"

"뭐야, 너?"

"사랑해."

봄이가 내 손을 잡아 끌어안았다. 나는 그냥 가만히 있었다.

"지우야, 우리 사진 찍으러 나가자."

"곧 수업이야. 늘월산은 점심부터야."

"그때는 애들이 많으니 지금 나랑 둘이 찍자."

"외출증 없어."

"야, 따라와."

봄이가 긴 다리로 담을 넘었다. 학교 밖에서 봄이의 내민 손을 잡고 나도 힘을 줘서 담을 넘었다.

"에라 모르겠다."

우리는 손을 잡고 공원 왕벚나무 밑에 섰다. 흰색과 연분홍빛 벚꽃이 눈 위에서 흐드러지게 나부끼며 꽃잎을 연달아 떨군다.

"야, 여기 예술이다. 이런 데가 있었나? 그것도 애인과 함께."

봄이가 나를 와락 안았다.

"저리 가라 징그럽다."

말만 그렇게 했지만 봄이와 거리는 없었다.

"야, 얼굴 들이대. 찍자."

"폰 없어."

"여기 있지롱."

봄이가 주머니에서 폰을 꺼냈다.

"자, 인증. 얼큰이 뒤로."

봄이 손이 나무늘보 같았다. 우리는 떨어지는 꽃잎만큼
이나 많이 웃고 웃으며 인증샷을 남겼다.

"야, 이러다 담임한테 찍혀. 벌써 수업 시간에 잔다고 경
고도 받았어. 이제 들어가자."

"까르페디엠. 피할 수 없으면 즐겨."

봄이가 뱀처럼 나를 또 휘감았다.

"으, 살려~."

그렇게 붙었다 떨어지기를 반복했다. 산책하던 아주머니
가 시선을 돌렸고 줄에 매인 강아지가 웃었다.

"지우야, 우리 오늘 생일하자."

"네 생일 3월 5일이잖아."

"감동. 그걸 어떻게 기억해? 근데 그거 말고, 지우랑 봄
이, 그러니까 우리가 태어난 날. 오늘 우리 생일하자."

"넌 또 잊을걸."

"아니, 이제 안 잊을게. 오늘이 우리 생일."

"알았어. 그러면 생일 때마다 여기서 만날까? 봄이지우
나무 아래서."

"봄이지우 나무! 이거 뭐지요? 재밌다."

"우리 이제 헤어지지 말자. 헤어지면 팔(八) 자고 만나면 사람(人)이야."

"아휴, 할매. 안 헤어진다. 생일에는 여기서 꼭 볼게."

"그걸 어떻게 장담하냐? 어쨌든 우정 나무는 잊지 마라, 봄이."

"너나 잊지 마라, 지우."

우리는 잠시 말을 멈추고 벚나무 꼭대기와 하늘을 봤다.

"이제 들어가자. 내가 정문으로 갈 테니, 너는 쪽문으로 들어가."

"같이 가자."

"내가 할배 지킴이와 이야기를 나누면서 시선을 가릴 테니 그때 쓱 들어가."

"아니, 같이 들어가자."

"지우야, 말 들어. 나는 곧 떠날 건데, 너라도 여기서 잘 지내야지."

"뭐, 또 떠나? 어딜 가게?"

"야, 야. 시간 없다. 가자. 저기까지만 같이 가자."

봄이 손에 이끌려 정문 쪽으로 이동했다. 나는 교문을 통과할 때까지 봄이 손을 놓지 않았다.

한번 잡은 손은 놓지 않는다. 그게 내가 봄이와 다른 점이라고 생각하며 손을 꼭 쥐었다.

★★★

비가 내린다. 비가 좋다. 애상에 젖는다. 여름을 맞이하는 것보다 봄과 이별하는 느낌이 커서 슬프다. 슬픈 감상에 젖는 버릇이 있다. 일을 할 때 내리는 밤비는 좋다. 손님이 없을 때 출입문에서 세상을 본다. 거리로 뛰는 사람들과 드물게 발견되는 우산 속 두 사람을 보면 상상한다. 두 사람 손은 어떤 모양일까, 눈은 마주치고 있을까, 어떤 대화를 나눌까…. 내가 할 수 없는 일에는 시샘이 생기지만 결코 하지 못할 것 같은 일에는 대리만족을 느낀다.

제법 내리는 비와 늦은 밤은 일터에 휴식을 준다. 불판 앞에 책을 꺼냈다. 고등학교 들어와서 보는 첫 시험이라 뒤늦게 긴장이 온다. 봄이의 등장으로 내 봄은 출렁거렸다. 하지만 봄이로 인해 내 마음의 온도는 올라갔다. 정상 인간의 수치에 가까워진 것 같다.

'고맙다. 봄아.'

책을 내놓고 보미와 찍은 사진을 연신 보다가 알바를 마쳤다.

집으로 돌아오는 버스에서 내내 봄이를 생각했다. 달리는 버스에 날리는 꽃잎처럼 봄이의 생각 없는 미소가 어느새 내 마음에 살포시 내려앉았다. 마음이 통하는 걸까? 어쩐 일인지 봄이가 톡을 날렸다.

　- 지우 뭐 함?

　- 집 가는 중

　- 비 옴

　- 그래서

　- 보고 싶어. 지금

　- 뭐래

봄이가 애교 이모지를 보내왔다. 난 예쁜 이모지가 없다. 받았던 이모지를 뒤적이는데, 문자가 이어진다.

　- 보고 싶음. 마니마니 ㅁㄴㅁㄴㅁㄴ….

　- 와

　- 어디로?

　- 내 맘에

　- 미쳤냐? ㅋㅋㅋㅋㅋㅋ….

　- 응

　- 미친 지우. ggggggggggg ㅜㅜ…

　- 정신 차리셔

– 공부 안 함?

– 해야지

– 셤 잘. 시인도 되고.

– 뭔, 시인

– 너 시인되고 난 드림 라이더.

– 뭔 라이더. 배달해? 오토바이?

– ㅎㅎ 꿈 운행자. 네 꿈을 타고 춤

– 꿈춤? 나 내린다

– ㅇㅋ

비에 젖은 옷을 빨래통에 던지고 샤워하고 나니 몸과 마음이 뽀송뽀송해졌다. 침대에 몸을 던지기가 무섭게 폰이 몸살을 앓는다.

"지우야, 뭐 해?"

"아무것도 안 하고 있어. 왜?"

"비가 와서 꽃 다 떨어지겠어. 어떡해?"

"뭘 어떡해. 떨어지는 거지."

"지우야, 나 안 보고 싶어?"

"낼 보면 되잖아. 내가 교문에서 기다릴까?"

"아니, 언제 갈지도 모르는데."

"왜? 내일 학교 늦어? 못 와?"

"연습할 게 많아. 지금도 연습 중."

"12시가 다 되는데 아직 연습이야?"

"이번 월말 테스트가 중요해서 개인 연습을 더 해야 해."

"몇 시까지?"

"될 때까지."

"안 되면 어떡해?"

"계속해야지, 밤을 새워서라도."

"야, 살인적이다. 계속하면 멋진 아이돌이 될 거야."

"그런데 마음이 왔다 갔다 해."

"왜? 무슨 일 있어?"

"아니, 이번 테스트를 잘 볼까 말까 고민 중이야."

"잘 봐야지."

"잘 보면 더 바빠지고."

"바빠야 좋은 것 아냐."

"좋은 일이 있으면 나쁜 일도 생기고."

"그게 무슨 말이야. 좋으면 좋은 거지."

"지우야, 보컬 샘 오신다."

"그래 안녕. 낼 봐."

봄이가 잠자지 않고 연습한다니 나도 책상에 앉았다. 밤새 비가 보슬보슬 내렸다. 창가에 소심하게 흘러내리는 빗물에 봄이와의 묵은 감정이 모두 쓸려 내려가는 것 같았다. 비가 와서 꽃이 진다고 걱정하는 봄이에게 문자를 남기고 잠들었다.

"비가 와서 꽃이 진다고 봄을 잊지는 않을 거야."

★★★

봄이는 그날부터 오늘까지 학교에 오질 않았다. 학교 시험도 미인정 결석이었다. 나는 벼락치기로 공부해서 성적이 그런대로 잘 나온 것 같았다. 봄이는 테스트를 잘 통과했을까 걱정돼서 전화했지만, 봄이 목소리는 듣지 못하고 고객 사정으로 인해 통화가 중단되었다는 기계음만 며칠째 듣고 있다.

"봄이 왔다."

1교시가 끝나고 앞문을 열고 들어오면서 유나가 나지막이 말했다. 잠자는 애들 사이에서 명규와 몇 명이 고개를 든다. 나는 뒷문을 열었다가 돌아서서 잠자는 척 책상에 엎드렸다. 잠시 후 옆에 봄이가 와서 자리에 앉았는데 조용하다. 내 어깨를 흔들 줄 알았는데 예상과 달리 잠잠하다. 어쩔 수 없이 고개를 들었는데 봄이가 진짜 자는 것 같았다. 순간인데 벌써 잠이 든 것인지, 나처럼 장난을 치는 것인지 지켜봤다. 그 이후로 봄이는 쭉 같은 자세였고 7교시 사율활동 시간이 되어서야 눈을 떴다.

"봄. 너무 피곤해?"

"응. 나 잘래."

"또? 여기 기대."

봄이 내 어깨에 기대오는데, 반장 경수가 교탁을 치며 소리친다.

"야, 협조 좀 해! 체육대회 출전 명단 오늘까지야. 팔자 줄넘기, 2인3각 달리기만 남았어. 모든 종목에 한 번은 필수적으로 참가해야 해."

"한 종목에도 안 들어간 애들 강제로 이름을 넣을 거야." 분필을 들고 있던 부반장 유은이가 협박하듯 말했다. 구기 종목 이외에 관심이 없는 남자애들 몇 명과 조용한 여자애들이 자기 의사와 무관하게 칠판에 적혔다.

"됐다. 이제 군무 담당. 누가 할래? 중학교 때 해 본 애들 있어?"

"봄이."

이번에도 유나다.

"봄이는 바빠. 시간 없어."

봄이의 고개를 오른손으로 받치며 봄이를 대신해서 내가 나섰다.

"야, 안 바쁜 애가 어딨어. 봄이는 우리 반 아냐?"

반장이 열을 낸다.

"봄이가 짜고 우리 댄동이 준비할게."

유나가 선심 쓰듯 말해서 더 이상 갈등은 번지지 않았다.

유나가 교실 밖으로 우리를 불러냈다. 뭐가 신이 났는지 유나는 텐션이 올라가 있었다.

"어떻게 할까?"

명규와 나는 멀뚱멀뚱이다.

"야, 생각 좀 해 봐."

마찬가지다. 시간만 가고 있다.

"내가 결정하면 따를래?"

역시 우리는 대답이 없다.

"답답하기는…. 내가 정한다. 지우 너는 봄이랑 알아서 안무 짜. 나랑 명규가 소품 정하고 준비물 구매할게. 됐지?"

"내가 어떻게 안무를 짜. 나 춤 안 춰. 봄이도 바쁘고."

"왜 그러셔. 너 춤 솜씨 다 아는데. 봄이가 좀 그렇지. 막 공연 서고 데뷔 준비하느라 바쁘기는 할 텐데, 그래도 팬 서비스 차원에서 쪼끔 시간 내라고 네가 말해봐. 절친이잖아."

"나도 봄이 보기 어려워."

"뭔 말. 그래도 네가 어떻게든 해 봐. 친구들 앞에서 뻥뻥 댔는데, 뭔 수를 내야지. 명규야 너는 이리 와."

나만 남았다. 엄살이 아니라 진짜 춤을 잊은 지 오래다. 더구나 요즘 애들 춤도 모른다. 틈나면 책 읽고 공상에 빠지는 게 취미가 되었는데 다시 춤을 춰야 한다니 걱정이다.

"지우야 나와 봐. 널 찾는 손님이 있네?"

영업 종료 시간이 다 되어갈 무렵 설거지를 마무리하는데 사장님이 불렀다. 주방에서 나갔더니 구석 쪽 테이블에 봄이와 낯선 남자가 나를 응시하고 있었다.

"지우야 여기."

봄이가 손을 흔들며 내게로 다가왔다.

"매니저 오빠야. 이젠 연습이 끝나서 널 보러왔어."

"왜 여기까지…."

달갑지 않았다.

"오빠, 얘가 지우예요. 밖에 계세요. 30분만 있다가 나올

게요."

　멀쑥한 남자가 미소를 지으며 밖으로 나갔다. 빈 자리에 앉자 사장님이 꽃등심을 가지고 왔다.

　"다 계산한 거야. 마음껏 먹어. 앞으로는 내가 고기 실컷 사 줄게."

　고기 냄새는 맡기도 싫은데…. 이게 뭔 상황인가 싶어서 가만히 있었다.

　"먹어. 많이 먹고 싶었을 거잖아."

　어이가 없었다. 그런데 말문이 열리지 않았다.

　"다 잘 먹고 잘살자고 하는 일이잖아. 먹어."

　불판의 열기처럼 볼이 달궈지고 있었다.

　"어떻게 알고 온 거야?"

　"오빠 시켰지. 내가 부탁하면 다 해결해 줘."

　"그래? 어떤 일이든 다 해결해주는 오빠야?"

　"응. 다 돈의 힘이다. 나 돈 벌 거야."

　"그래, 많이 벌어라. 거지에게 적선도 하고."

　고개를 왼쪽으로 돌리며 말했다.

　"왜 그래 지우야? 나 너 보고 싶어서 온 거야. 젓가락 들어, 먹어."

　나는 미동도 없이 출입문 쪽을 보는데, 중년 신사가 아까 그 오빠를 달고 들어왔다. 매니저는 두 손을 모으고 고개를 숙인 채 몇 보 뒤에서 멈췄다.

"아, 아빠. 내 베프!"

"너는 여기 와 있으면 어떡해. 프로필 찍었어?"

"응, 금방 갈 거야, 금방."

지우가 나와 매니저를 연신 보면서 눈치를 살핀다.

"지우야, 인사해. 우리 아빠야."

"안녕하세요."

"그래, 네가 지호구나. 이야기 많이 들었다."

"아빠 지호가 아니고 지우."

"아, 그래. 네가 우리 봄이만큼 춤을 잘 춘다며?"

"응, 아빠. 엄청. 나보다 잘 췄어."

"그래? 그럼, 너도 우리 회사에서 연습생부터 시작해 볼래?"

"지우야 하고 싶으면 말해. 아빠가 기획사를 하고 계셔서 너만 좋다면 내가 부탁을 드릴게."

"아니, 난 시인될 거야. 대학교 가면 우리 아빠처럼 시인으로 등단할 거야. 저 할 일이 있어서 이만 일어서겠습니다."

의자를 박차듯 일어섰다. 주방에서 후문으로 빠져나와 공원 화장실에서 한참을 있었다.

봄이는 내 마음을 잘 모른다. 늘 그랬다. 그래도 봄이가 좋다. 봄이가 나를 몰라도 된다. 그래도 상관없다. 다시 돌아온 봄이 주변에 사람이 없으면 좋겠다. 봄이 많이 외로웠으면 좋겠다. 그래서 봄이 나랑 가까워지면 좋겠다. 봄이 유명해지는 것도 싫다. 내 옆에 있는 시간이 늘어나면 좋겠다. 어린 시절부터 봄이와 나는 외로워서 서로에게 좋은 짝이 될 것으로 생각했다. 그런데 늘 봄이 주변에는 사람이 꼬였고 나는 봄이를 차지하지 못하는 것에 대한 갈증이 있다.

내 마음은 늘 봄이였다. 마음에 없는 행동을 해도 나는 아빠를 닮아 한 번 꽂힌 마음은 변함이 없다. 내 마음 같지 않은 일들이 내 주변에는 수두룩하다.

★★★

"봄이 왔다."

유나가 복도에서 손짓이다.

"지우야, 너 요즘 봄이 소식에도 시큰둥이다. 무슨 일 있어?"

"일은 무슨? 봄이 학교를 안 오니 보기 힘든 거지."

"지우야, 봄이 데뷔한다. 스포하면 안 돼. 여고생 5인조 아이돌. 지난주 청소년 축제 무대에도 섰어. 지우 봤는데 이제 화보 촬영 모두 마쳤고 활동 시작한대."

"그렇구나."

"그런데 너 표정이 왜 그래? 시샘이냐?"

"내가 무슨…."

"봄이에게 봄이 왔다. 좋겠다."

"누구에게나 봄은 와. 조금 먼저 왔을 뿐이야. 봄이가 조금 먼저 하는 거야."

"오우, 시인. 할매 별명 바꿔줄게. 하 시인! 발음이 이상하다. 필명 만들어라."

"됐어. 그런데 봄이 어디 왔다고?"

"여기 폰으로 왔지롱."

유나가 폰을 터치했다. 유나가 춤을 추는 영상이었다.

"우리 반 군무 동작 보내왔어. 내가 일주일 연락해도 깜깜이더니, 네가 부탁한 거라고 문자했더니 하루 만에 바로 직캠. 일단, 우리가 이것 보고 완전히 익혀서 애들 가르쳐야 해."

"난 못 해. 춤 못 춰."

"야, 복장은 네 뜻대로 됐으니 춤은 가르쳐야지. 통일이 아니라 획일이라며. 하여튼 이거 공유하니까 얼른 익혀라.

간다."

　벤치에 앉아 영상을 터치했다. 영화를 찍듯 장면을 구분하여 대형을 설명하고 거기에 맞는 동작을 5명이 시범을 보였다. 3줄로 대형으로 시작해서 반으로 나눠 서로 마주 보고 웨이브, 브이(V) 대형에서 더블유(W) 대형으로 변환한 후 두 개의 원으로 동작을 한 후 쓰러지는 형태였다. 배경음악은 '하입보이'다.

　느낌은 좋았다. 나도 모르게 흥얼댔고 어깨가 움직였다. 그런데 문제는 이걸 애들이 할 수 없다는 것이다. 전문적으로 춤추는 애들이나 가능한 동작을 25명이 군무한다는 것은 거의 불가능하다. 괜히 복장을 자유롭게 하자고 나선 것이 후회됐다. 그래도 환자복, 군복, 새마을복, 학군단복, 공룡 옷보다는 상의를 원색으로 하고 하의만 학교 체육복으로 하자는 나의 제안은 좋았다고 생각했다. 복장이 다른 반에 비해 자유로운 만큼 동작을 통일하는 것이 관건이다.

　학교는 온통 음악 소리로 난리다. 체육 시간만이 아니라 좀 만만한 선생님 시간에는 음악을 틀고 교실과 운동장에서 군무를 연습한다. 오히려 1학년 중에서 우리 반만 시작하지 않았다고 담임이 뭐라 했다.

뉴진스의 뮤비를 반복해서 보고 또 봤다. 노래 가사의 의미와 분위기를 느끼며 동작해 봤다. 에어팟을 하고 눈을 감은 상태에서 천천히 춤을 췄다. 뭄바톤(Moombahton)이 내 몸에 에너지를 줬다. 봄이가 보내준 영상을 머리에서 재생하며 몸을 움직였다. 혼자 있는 것 같지 않았다. 주변에 반 아이들이 모여 군무하는 것을 연상하며 몸에 힘을 빼고 하입보이가 되려 했다. 외로움이 사라지기 시작했다.

　　"지우야, 식당 앞이야. 나와."

　　문자에 답을 하지 않았다. 봄이를 보고 싶었는데 손을 내미는 것이 어려웠다. 봄이가 일을 만들고 화를 내지만 손을 먼저 내미는 것도 봄이었다. 봄이는 ESFP, 나랑 F만 같다.

　　"5분만 더 기다린다. 안 나오면 다시는 안 본다."

　　다시는 안 본다는 말에 생각 없이 식당을 나갔다.

　　"가자."

　　납치하듯 봄이가 내 손을 잡고 밴에 올랐다. 그 오빠가 반갑게 눈인사를 해줬다.

　　"어디 가?"

　　봄이 한 손으로 깍지를 끼고 왼손으로 내 입술 위에 검지를 댔다. 어디로 가는지는 몰랐지만, 마음이 점점 편해졌다.

봄이 손에 이끌려 도착한 곳은 댄스 연습실이었다.

"내가 연습하는 곳이야."

연습실의 한쪽 벽에 비친 내 모습이 어색했다. 옆면에는 스테레오 시스템이 보였고 다른 면에는 스크린이 있었다. 조명까지 갖추어진 연습실의 분위기는 나를 흥분시켰고 춤을 추고 싶은 욕구가 생겼다.

"지금은 보컬 연습 시간이라 우리가 사용할 수 있어. 시간이 많지 않으니 군무에 사용할 동작으로 스트레칭하고 댄스하자."

"자, 걸음하고 스텝부터 하자. 내가 하는 동작을 네가 옆에서 보고 해. 시작한다."

나는 봄이를 따라서 움직였다. 말이 필요하지는 않았다. 거울에 비친 봄이는 웃고 있었고 내 표정은 경직되어 있었다.

"왜 그래? 가볍게. 지금부터는 말하지 않고 쭈욱 간다."

나는 고개를 끄덕였다. 스텝을 몇 번 반복하고 내가 비슷하게 따라서 하면 다음 동작으로 이어갔다. 팔과 손동작을 하고 크랩 스텝 하며 턴, 점프, 머리를 터치하고 오른쪽으로 돌리며 이어갔다. 봄이의 움직임은 매력적인 포즈를 만들어 갔다. 봄이는 유연했고 나는 진지했다.

"자, 이제 음악 틀고 프리스타일."

음향과 조명이 나오면서 봄이는 자유자재로 이동하며 음악을 표현했고, 내 몸도 점점 자유롭게 춤을 기억해 내고 있었다. 봄이와 나는 초등학교 시절의 모습으로 돌아가고 있었다. 손목 발목이 삐끗하고 근육이 꿈틀거려도 멈추고 싶지 않았다. 기절할 것 같은데 날아가는 기분이었다. 춤은 나와 봄이를 연결하는 통로였다.

★★★

드디어 우리 반 순서가 되었다. 운동장에 대형을 갖추지 않고 우리 반 친구들은 스탠드에 흩어져 있었다. 그때 봄이가 본부석에 등장하면서 외쳤다.

"지금 무슨 춤을 출 거야?"

예상치 못한 전개에 전교생이 술렁거렸다.

"하입보이!"

흩어졌던 친구들이 한목소리로 외치며 운동장으로 모여들 때 음악이 나오고 봄이가 랩을 했다.

늘품 고고고 봄봄 스프링! 지우! 치유! 자유!
심장이 하늘로 훨훨

손으로 만질 수 없는 아픔
춤이 외로움을 치유한다.
춤은 무에서 창조 미래를 꿈꾸는 에너지
춤출 때면 온몸이 하늘을 향해 훨훨
춤추면 다른 내가 탄생
잠자던 내가 꿈꾸고 자유롭게
스프링처럼 솟아올라
샘처럼 물결치는 에너지가 폭발
치유 지우 자유 지우

친구들은 운동장에 9명씩 대열을 갖췄고 음악에 맞춰 움직였다. 스탠드에 있던 다른 반 아이들이 모두 일어섰다. 브이 대형과 더블유 대형의 꼭짓점에 봄이가 등장하여 댄스를 했고 마지막 원의 중심에서 봄이가 피날레를 장식했다. 운동장이 흔들렸다. 봄이는 차원이 달랐다. 내가 섰던 자리를 봄이가 대신했지만, 나는 이미 봄이와 같은 몸이었다. 운동장에 있던 학생과 교사 모두가 봄이였다. 나는 스탠드에 서서 눈물을 훔치며 그렇게 봄을 보냈다.

"벌써, 시작했네."

무대 위의 아이돌은 빠르게 움직이다 멈춰서 관객에게
미소를 날렸다. 가기 다른 의상에 길군무로 내력을 뿜어내
며 강렬한 퍼포먼스로 관객과 호흡한다. 힘이 넘치면서도
부드럽고 발랄하면서도 감성적인 이미지로 메시지를 전달
한다.

"봄이다."

모니터의 중앙에 봄이 등장했다. 현장에서 직캠을 찍듯
내 눈은 봄만 따라 다녔다. 슬림한 허리가 돋보이도록 상의
는 쇼트 톱에 어깨를 감싸는 프릴이 달려 흔들렸다. 하이웨
이스트 미니스커트에 여러 겹의 투투가 부착되어 댄스 동작
을 할 때마다 우아했다. 펌프스 스타일 신발에 머리는 크리
스탈 액세서리에 꽃으로 장식된 핀으로 포인트를 줬다. 아
이돌은 각자의 매력을 발산하며 환상적인 무대를 선사했다.
노래가 끝나고 아이돌은 팬들에게 인사를 하며 무대 중앙으
로 모이자, MC가 팬처럼 등장하여 멘트를 날린다.

"1위 축하드립니다. 디라이더(D-rider). 인사해주실까
요?"

"안녕하세요. 디데이(D-day) 지민, 드림(dream) 봄, 듀오 (duo) 제로, 댄스(dance) 쿨, 딜라이트(delight) 다연입니다. 오늘~ 꿈짝춤, 기쁨에 올라타세요. 사랑합니다."

"멋집니다. 디라이더. 신곡 발표 후 음원 차트를 올킬하고 있는데요. 리더 지민 님! 인기 비결이 뭔지 알려주실까요?"

"연대와 자유를 전하는 폭발 직전의 에너지가 아닐까요?"

"노래 가사를 쓰는 봄님. 지금 가장 생각나는 사람이 있나요?"

"디라이더처럼 스포트라이트를 받을 친구, 내 춤에 올라타고 있는 친구가 있어요."

봄이와 내 눈이 맞았다.

"작가님! 작가님, 여기요."

정면을 보자 셔터와 조명으로 눈이 부셨다.

"이제 젊은 작가와의 만남, 마지막 순서인데요. 기다리던 작가님의 사인을 받는 시간입니다. 너무 많은 분이 함께해 주셨는데요. 사인받을 분은 책을 들고 줄을 서 주세요."

멘트가 끝나자마자 사회자 뒤로 기차처럼 청중이 길게

늘어서고 있었다.

　"실물이 더 멋지세요. 작가님, 사인 부탁드려요."

　"아, 예. 이름이?"

　"조보미요."

　"봄이요?"

　"예."

봄이!

내게도 봄이 와요.

12. 24

하지友

별이 되는 그날까지

천지윤

첫 번째 : 1+1

시호가 귤이 가득 담겨있는 나무접시를 들고 방으로 들어왔다. 자신의 책상에 접시를 탁, 하고 내려놨다.

"태호야."

시호는 귤 하나를 집어서 껍질을 깠다.

"엄마가 이거 같이 먹으래."

잡고 있던 귤껍질을 다 까고도 아무런 반응이 없자, 시호는 방의 왼쪽 침대로 시선을 옮겼다. 잠깐 망설이던 시호가 입을 열었다.

"…야."

방을 반으로 나눠서 왼쪽은 태호의 공간, 오른쪽은 시호의 공간이었다. 똑같은 책상, 똑같은 침대였다. 방에 있는 모든 게 데칼코마니 같았다. 태호와 시호에게 주어진 모든 것은 똑같았다. 시호가 두 번이나 불러도 태호는 대답이 없었다.

"야!"

무언가에 홀린 듯 침대에 누워서 손에 들린 휴대전화를 바라보던 태호는 그제야 입을 열었다.

"이거 봐!"

"응?"

"아, 빨리 일로 와!"

태호의 부름에 시호는 껍질을 다 깐 귤을 들고 침대로 향했다. 시호가 침대로 와서 태호의 옆에 앉자, 태호는 덮고 있던 이불의 반을 시호의 무릎에 덮어주었다. 그러곤 보고 있던 휴대전화를 보여줬다.

"나 이거 하고 싶어!"

비슷하게 생긴, 아니 똑같이 생겼다고 하는 게 더 어울리는 쌍둥이는 같은 시간, 같은 곳에서, 같은 화면을 바라봤다. 시호는 귤을 반으로 나눠서 반을 태호에게 건네며, 휴대전화 화면을 바라봤다. 빛나는 조명 아래 환하게 웃으며 노래하는 7인조 아이돌이 보였다.

"아이돌?"

"어! 나 꿈이 생겼어. 아이돌!"

태호는 시호가 준 귤을 한입에 넣고는 확신에 가득 찬 듯 고개를 힘차게 끄덕였다. 열정적으로 노래하고 춤추는 아이돌을 보는 태호의 눈동자는 반짝였다.

　"멋지긴 하다."

　"그치? 완전 짱이지?"

　시호는 마음속에서 꿈틀거리는 지금, 이 감정이 무엇인지 고민하며 귤을 한 알, 두 알 입에 넣었다.

　"음, 태호야…."

　"응?"

　"어, 그게…."

　"뭔데? 맨날 답답하게 말하려다 마냐? 아오! 말을 해!"

　세 알, 네 알, 다섯 알, 그렇게 시호의 손에 들린 귤의 마지막 알이 남았다. 어느덧 아이돌들의 노래가 끝나갔고, 그 모습을 보는 시호의 눈동자도 태호의 눈동자와 같이 반짝였다.

　시호는 만지작거리던 마지막 남은 귤 한 알을 입 안으로 쏙 넣었다.

　"그 있잖아…. 아이돌, 나도 해보고 싶어…."

　"진짜? 너도?"

　"응."

"우리 아이돌 하고 싶다고 엄마한테 말해볼까?"

"…음, 좋아."

노래가 끝나고 엔딩 포즈를 취하며 뿌듯한 듯 미소를 짓는 아이돌, 열렬한 팬들의 환호 소리를 듣는 영상 속의 아이돌, 너무도 멋진 아이돌을 바라보며 쌍둥이는 그늘처럼 되겠다고 다짐했다.

"엄마아!"

12살. 유난히 추운 겨울, 따뜻한 이불 속에서 귤을 먹던 쌍둥이에게 그렇게 첫 꿈이 생겼다.

며칠 뒤, 쌍둥이는 엄마를 따라 건물로 들어갔다. 건물 안에 있는 엘리베이터를 타고 3층에서 내리니 '케이 아카데미'라고 적혀있는 약간 빛바랜 간판이 보였다. 엄마가 유리로 된 학원 문을 열었고, 쌍둥이는 쭈뼛쭈뼛 그 뒤를 따랐다. 쌍둥이는 엄마와 함께 상담실에 들어갔다. 실장님과 엄마는 30분가량 상담을 이어갔다. 시호와 태호가 상담실을 두리번거리던 중, 실장님이 둘에게 질문을 던졌다.

"왼쪽이 시호, 오른쪽이 태호?"

"네!"

"너희 왜 아이돌이 되고 싶니?"

태호가 망설임 없이 확신에 차서 대답했다.

"멋있잖아요!"

시호는 잠깐 망설이다 입을 열었다.

"…음, 저도. 멋있어서."

"그렇구나. 열심히 해보자!"

"네!"

상담이 끝나자, 실장님은 쌍둥이에게 학원 내부를 소개해 줬다.

"아. 너희 학원 구경해볼래?"

"네!"

"여기는 보컬 연습실, 여기는 춤 연습실이야."

"와!"

거울이 가득한 춤추는 연습실, 초록색 스펀지 방음판이 붙여져 있는 보컬 연습실. 학원 내부를 본 쌍둥이들은 마냥 신기했고, 마음이 두근두근했다.

첫 꿈. 처음으로 가져본 꿈. 쌍둥이에게 아이돌은 첫 꿈이었다. 처음이라는 단어는 쌍둥이를 참으로 설레게 했다.

02

첫 번째 시작, 케이 아카데미

케이 아카데미에서 시호와 태호의 첫 번째 춤 수업이 시작되었다.

"오른쪽으로 한 발짝, 두 발짝. 왼쪽으로 한 발짝, 두 발짝. 반 박자 쉬었다가!"

선생님의 목소리와 함께 케이 아카데미 학생들은 거울이 가득한 연습실에서 일제히 춤을 추었다.

"점프. 착지하고 일어서서 시계 방향으로 한 바퀴 돌고!"

쌍둥이는 선생님이 알려주는 안무를 각자의 방식대로 따라 했다.

"오, 시호! 처음인데도 잘하네!"

시호가 선생님의 춤 동작을 따라 하면서 마음속에서 벅차오르는 기분을 느꼈다. 시호는 춤추는 게 즐거웠다.

"음, 태호야, 동작을 좀 더 크게 해보자!"

태호는 선생님의 춤 동작을 따라 하는 게 쉽지 않았지만 재미있고 행복했다. 태호도 춤추는 게 즐거웠다.

다음으로 노래 수업이 이어졌다. 노래 수업은 학생들의 개인 기량을 알고 난 뒤 개별적으로 레슨이 들어가기 위해서 일대일 개인지도로 진행되었다. 선생님은 시호를 먼저 불렀다.

"시호 먼저 보컬실로 들어와봐!"

"네!"

시호는 선생님을 따라 초록색의 방음판들이 규칙적으로 붙여져 있는 부스 안으로 들어갔다. 선생님이 부스 문을 닫았다.

"시호야 좋아하는 노래 한번 불러볼래?"

"울지 않을 거야~. 절대 울지 않아~."

"어? 시호 잘 부르네. 스킬을 조금만 배우고 가다듬으면 아주 좋겠어!"

칭찬을 들은 시호는 기분이 좋아져 수줍게 미소를 지어 보였다. 초록색으로 가득 찬 연습실 안은 포근하고 좋았다.

"시호야, 밖에 있는 태호 좀 불러줄래?"

시호는 고개를 끄덕이고 부스 밖으로 나가 의자에 앉아

있는 태호를 불렀다.

"야, 선생님이 보컬실로 오래!"

태호는 두근대는 마음을 안고 선생님이 있는 보컬실로 들어갔다.

"태호야, 부르고 싶은 노래 한번 불러볼래?"

"완전 나이스! 빠라바라뿌라빠라빠~"

"으음, 태호는 안 좋은 습관을 고쳐야겠다! 고칠 게 좀 많네. 잘 고쳐 나가보자!"

"네…."

아쉬운 이야기를 들은 태호는 씁쓸한 표정을 지으며 보컬실을 나왔다. 보컬실을 나오자 바로 앞 의자에 앉아있던 시호가 태호에게 손을 흔들었다.

"야, 너 표정이 왜 그래?"

"샘이 나 많이 부족한 것 같대."

평소 밝은 태호가 우울해하자 시호는 괜히 마음이 좋지 않았다. 그래서 칭찬을 들은 사실을 굳이 말하지 않았다.

"괜찮아, 처음이니까!"

"열심히 하면 늘 수 있겠지?"

"당연하지, 나도 부족해! 같이 파이팅하자!"

"좋아, 파이팅!"

시호는 항상 춤과 노래를 배우면 빨리 흡수했다. 태호는 모든 걸 느리게 받아들였다. 마음처럼 따라주지 않는 몸에 태호는 매번 속상했다.

"아씨! 짜증 나. 진짜!"

"태호야. 천천히 따라 하면 할 수 있어. 자, 나 따라 해 봐."

하지만 괜찮았다. 둘은 늘 함께였으니까. 삐걱대는 태호 옆에는 항상 시호가 있었다. 둘은 학원에서 배운 걸 집에서도 함께 연습했다.

어느덧 학원에 다닌 지 6개월이 지나갔고, 쌍둥이의 실력은 하루가 다르게 일취월장했다.

"오늘은 연습해온 춤 보여주는 시간을 가져볼게요. 자, 누가 먼저 해볼까?"

"저요!"

태호가 손을 번쩍 들었다.

"그래, 태호 먼저 해보자! 이런 적극적인 자세 좋아!"

태호가 일렬로 앉아있는 학생들 사이에서 일어나 거울이 있는 앞으로 나왔고, 곧이어 음악에 맞춰 1분 동안 준비한 춤을 추었다.

"음, 태호 많이 늘었다! 아직 조금 동작이 방방 뛰니까,

좀 더 노력해보자! 다음은 시호가 해볼까?"

시호는 수줍게 고개를 끄덕이며 연습실 중앙으로 나와 춤을 추기 시작했다.

"좋아! 그렇지! 역시 시호다. 여러분 모두 시호처럼 동작을 크게 크게 가져가야 해요! 알겠죠?"

모든 학생이 준비한 춤을 보여주고 난 뒤, 학원 선생님께서 학생들에게 종이를 한 장씩 건네며 말했다.

"여러분, 우리가 아이돌이라는 꿈을 이루기 위해서는 일단 오디션에 붙어서 기획사에 들어가야 하죠?"

학생들은 모두 고개를 끄덕였고, 쌍둥이도 고개를 끄덕였다.

서바이벌 오디션
〈월드 스타 3〉

국내 최대 기획사와 최고의 심사위원이 뭉쳤다!
최종 우승자는 기획사에서 앨범발매 기회 제공!

* 지원 자격 : 춤, 노래, 끼, 스타성을 가진 모든 분
별이 될 당신을 기다립니다.

선생님은 학생들이 종이를 다 받은 걸 확인하자, 종이에 적힌 월드 스타 오디션 모집 공고를 학생들에게 보이게 잡고 흔들었다.

"이번에 월드 스타 3 TV 프로그램에서 오디션이 열린다고 해요. 월드 스타 1, 월드 스타 2 모두 엄청나게 인기가 많았죠? TV에서 방영하기도 해서 다른 오디션보다 이슈도 많이 될 테니 우리 모두 최선을 다해야겠죠?"

"네!"

종이를 받은 쌍둥이는 서로를 바라보며 같은 표정을 지었다. 곧이어 오디션을 어떻게 준비할지 학원에서 개별 면담이 진행되었다. 수업을 듣다가 한 학생, 한 학생 원장실로 가서 면담하게 되었다. 춤 수업을 듣고 있는데, 원장 선생님이 춤 연습실 문을 열었다.

"시호랑 태호! 같이 원장실로 올래?"

쌍둥이는 서로를 바라보며 갸우뚱하고는 함께 원장실로 향했다.

"시호랑 태호. 여기에 앉아봐!"

시호와 태호가 원장 선생님 앞에 나란히 앉자, 원장 선생님은 책상에 손을 올렸다.

"애들아, 원장샘이 고민을 해봤는데 이번 오디션 둘이 같이 준비하는 건 어떨까?"

"와, 좋아요!"

"그룹명은 트윈스 어때?"

태호가 신나서 활짝 웃으며 대답했고, 시호도 좋은 듯 고개를 끄덕였다.

"좋아, 그럼 둘이 같이 열심히 오디션 준비해보자!"

"네!"

그룹명 트윈스, 그렇게 쌍둥이의 첫 그룹명이 지어졌다.

"신시호! 트윈스 넘 좋지 않냐?"

태호가 신나서 시호의 어깨를 툭, 쳤다. 시호는 태호를 쳐다보며 미소를 지었다.

"좋지? 웃지만 말고 대답을 해! 짜~식아!"

시호는 더 환하게 웃으며 고개를 끄덕였다.

"좋아!"

쌍둥이는 집으로 가는 내내 한참을 깔깔거렸다.

"야 난 진짜 좋아! 잘해보자 진짜로! 트윈스 오디션 붙자!"

"응!"

쌍둥이는 서로에게 늘 같은 길을 걸어가는 동료이자, 친구이자, 가장 의지할 수 있는 존재였다. 서로의 부족함을 채워주는 그런 존재였다. 둘은 함께여서 든든했고, 함께여서 즐거웠다.

처음으로 무언가를 시작 할 때, 함께 갈 수 있는 누군가가 있다면 의지가 되고 힘이 된다는 사실을 쌍둥이는 서로를 보며 느꼈다.

03

첫 번째 별, 트윈스

여느 때와 같이 케이 아카데미에서 수업이 끝나고, 선생님은 학생들을 춤 연습실로 모이게 했다.

"여러분, 우리가 이제 월드 스타 오디션에 지원하기 위해서 자기소개 영상, 춤 노래 영상을 찍어야 해요!"

오디션 지원 영상이라는 말에 쌍둥이는 마음이 몹시 들떴다. 다른 학생들도 마찬가지였는지 여기저기서 좋아하는 소리가 들렸다.

"잠깐, 모두 조용! 내일 영상부터 찍어야 하니까 자기소개 때 사용할 멘트를 정해와요!"

"네!"

연습실에 있는 학생들은 모두 신나서 크게 대답했다. 쌍둥이는 집으로 돌아가는 버스를 타는 내내 고민에 빠졌다.

버스 앞자리에 앉은 태호가 뒤를 돌아서 시호를 쳐다봤다.

"시호야, 우리 트윈스를 어떻게 소개해야 하지?"

"하, 어렵다 진짜."

쌍둥이는 자신들을 어떻게 소개할지 한참을 고민했다. 고민에 고민을 거듭하던 중, 시호가 깜짝 놀라 태호에게 소리쳤다.

"이제 내려야 해!"

"어, 아저씨! 저희 내려요!"

간신히 버스에서 내려 집으로 걸어가는 중에도 트윈스 소개 멘트에 대한 이야기는 계속되었다.

"야, 너 우리 소개할 때 꼭 들어갔으면 하는 말 있어?"

시호는 메고 있던 가방에서 반으로 접혀있는 종이 하나를 꺼냈다. 종이를 펼치자, 학원에서 나눠줬던 서바이벌 월드 스타 오디션 모집 공고가 보였다. 시호는 종이 맨 아래 적혀있는 단어에 두 번째 손가락을 천천히 가져다 대며 태호에게 보여줬다.

"어? 별? 이 말을 자기소개 때 하고 싶어?"

"…응, 별이라는 단어가 좋아."

시호는 태호가 싫어하지는 않을까 걱정하며 조심스럽게 입을 열었다. 잠깐의 정적이 흐른 뒤, 태호가 입을 열었다,

"어?"

"태호야, 별로지? 안 해도 돼!"

"아니, 너무 좋아. 뭘 매번 그렇게 눈치를 보냐! 너무 좋아! 별! 꼭 트윈스 소개 멘트로 쓰자. 나 잠깐 그런 생각을 했어."

태호는 활짝 웃으며 시호에게 힘껏 어깨동무했다.

"웅? 무슨 생각?"

"별 하니까 생각났어. 우리 방에 야광별 스티커를 붙여서 배경을 만들고, 우리가 직접 소개 영상을 촬영해볼까?"

"오? 좋아."

시호도 안도하며 미소를 지었고, 둘은 마트에 들러 야광별 스티커를 사러 갔다. 야광별 스티커를 사서 집으로 돌아온 쌍둥이는 왼쪽 침대와 오른쪽 침대 사이에 있는 벽지에 야광별 스티커를 붙이기 시작했다.

"다 붙였다!"

"캬~ 완벽해!"

야광별 스티커를 다 붙인 쌍둥이는 붙어있는 각자의 책상에 앉았다. 노트를 꺼내 트윈스 소개 멘트를 머리를 맞대어 고민했다.

"트윈스…."

"별…."

"음…."

각자 천장을 바라보며 중얼중얼하던 중, 시호가 생각났다는 듯 주먹을 불끈 쥐었다.

"안녕하세요, 저희는 트윈스입니다. 별이 되는 그날까지 나아가겠습니다!"

"별이 되는 그날까지?"

"큭! 어때? 괜찮아?"

"어! 겁나 좋아!"

시호는 휴대전화를 책상에 두고, 태호는 방 등을 끄고 야광별 스티커가 붙은 벽지 앞에 섰다.

"태호야, 좀 더 옆으로 가야 해. 그래야 그 옆에 내가 가면 우리 둘 다 중간이야!"

시호가 태호의 위치를 확인한 후, 휴대전화에 5초 타이머를 누르고, 태호의 옆으로 빠른 걸음으로 갔다. 5, 4, 3, 2, 1, 띠링 소리가 났다.

"안녕하세요! 저희는 트윈스입니다. 별이 되는 그날까지 나아가겠습니다!"

둘은 연습한 멘트를 동시에 외쳤다. 반짝이는 야광별이 붙여진 벽지를 배경으로 트윈스 소개를 하는 쌍둥이가 핸드

폰 화면에 담겼다.

다음 날, 학원에 조금 일찍 도착한 쌍둥이는 복도에서 선생님을 마주쳤고, 촬영한 영상을 선생님께 보여줬다. 태호가 신나서 선생님께 물었다.

"샘, 소개 영상 저희가 찍었는데 이걸로 사용하면 안 될까요?"

쌍둥이가 촬영한 영상을 보던 선생님은 고개를 갸웃거렸다.

"음, 이거 너무 어둡고 야광별만 잘 보이고 너희 얼굴이 잘 안 보여서 쓰기가 힘들 것 같은데?"

"아…."

"그냥 학원에서 찍어서 오디션 영상 보내자! 선생님이 멋지게 잘 찍어줄게!"

"…네."

"그래, 조금 뒤에 연습실에서 보자!"

쌍둥이는 동시에 서운한 표정을 지었지만 어쩔 수 없이 투덜거리며 연습실로 향했다. 잠시 뒤 선생님이 춤 연습실에 카메라를 들고 와서 만지작거렸다.

"여러분, 오늘은 오디션에 지원하기 위해서 영상을 찍어야 해요."

잠시 뒤, 카메라 세팅이 완료한 선생님은 학생들을 바라보며 손뼉을 크게 한번 쳤다.

"오늘은 지금까지 연습했던 걸 영상으로 찍어보는 시간을 가져봅시다. 음, 우리 트윈스부터 가볼까?"

선생님의 말씀에 태호와 시호는 일렬로 앉아있는 학생들 사이를 비집고 거울 앞으로 나왔다.

"얘들아, 촬영 시작할게!"

"네!"

"셋, 둘, 하나. 시작!"

카메라에서 띠링 하고 소리가 나고, 영상이 촬영되기 시작했다.

"안녕하세요! 저희는 서바이벌 오디션 월드 스타에 지원한 그룹 트윈스입니다! 저희가 오디션에 지원한 이유는 별이 되기 위해서입니다! 별이 되는 그날까지 열심히 나아가겠습니다! 그럼, 노래와 춤 시작하겠습니다."

쌍둥이는 그동안 연습한 노래를 부르기 시작했다. 태호가 시호를 바라보며 노래를 부르자, 시호가 고개를 끄덕이며 환하게 웃었다. 그다음에는 함께 준비한 춤을 췄다. 서로 고민하며 열심히 짠 안무를 흥에 겨워 춤을 추다보니 준비한 안무가 모두 끝났다.

몇 초의 정적이 흐르고 쌍둥이를 찍고 있던 카메라에서 띠리링 하고 꺼지는 소리가 들리자, 춤 연습실은 박수 소리로 가득 찼다.

"와! 트윈스, 이거 안무 너희들이 짠 거야?"

선생님을 포함한 연습실에 있던 모든 이들이 감탄했다.

"네!"

트윈스는 힘차게 대답했다. 쌍둥이는 춤추는 게 즐거웠다. 박수 소리를 들을 때마다 행복했다. 초등학교 6학년 쌍둥이들은 케이 아카데미에서 둘째가라면 서러운 주목 받는 유망주가 되었다.

처음 해보는 시도는 새로운 것들을 만들어 내고, 그것들이 모이면 반짝반짝 빛나게 된다는 것을. 쌍둥이들은 안무를 창작하고 다듬으며 느꼈다.

04

첫 번째 도전, 오디션

월드 스타 오디션에 지원 영상을 보내고 쌍둥이는 집에서도 학교에서도 학원에서도 합격 연락이 오기만을 기다리고 또 기다렸다. 하루, 이틀, 사흘… 그렇게 시간이 흘러갔다. 학교 수업을 마치고 학원으로 가는 길에 태호가 투덜거렸다.

"야, 우리 떨어진 거냐?"

시호도 답답하기는 매한가지였다.

"그러게…. 연락이 없네."

"아오, 답답하다~. 진짜~."

윙, 그때 태호의 핸드폰에서 진동이 울렸다. 태호가 휴대전화 버튼을 눌러 액정을 켜서 확인했다.

"어?"

"응? 왜?"

"와아아아아아!"

태호는 소리를 지르며 시호에게 휴대전화 액정을 보여 줬다.

안녕하세요. 서바이벌 오디션 월드 스타입니다.

오디션에 합격하셨습니다. 축하드립니다.

2차 오디션은 현장에서 진행되고

장소는 월드 스타 스튜디오입니다.

태호의 휴대전화를 확인한 시호도 신나서 자신도 모르게 목소리가 커졌다.

"헐! 대박!"

"신시호, 너 이렇게 소리 크게 지르는 건 노래 부를 때 빼고 처음 본다, 야!"

"넌 매번 소리 지르는 거 겁나 크거든!"

쌍둥이는 주체할 수 없이 올라가는 기분을 간신히 다잡고는 학원으로 들어갔다. 학원 복도에서 한껏 신나 보이는 쌍둥이를 발견한 선생님은 말을 걸었다.

"트윈스, 왜 이렇게 기분이 좋아?"

태호는 올라가는 입꼬리를 주체하지 못하고 춤 선생님에게 자신의 휴대폰을 보여줬다.

"샘~ 저희 합격했어요!"

"어머! 어머! 원장샘~!"

춤 선생님은 신나서 원장 선생님께 쌍둥이의 오디션 합격 소식을 알렸다. 학원에서 오디션에 합격한 학생은 쌍둥이뿐이었다.

"우와, 진짜 부럽다!"

"축하해~."

학생들의 부러움을 한 몸에 받으며 쌍둥이는 TV에서 방영되는 서바이벌 오디션 월드 스타에서 트윈스로 살아남기 위해 본격적인 연습을 시작하게 되었다.

만반의 준비를 마친 쌍둥이는 떨리는 마음으로 월드 스타 스튜디오로 향했다. 쌍둥이들은 안내실로 가서 스티커로 된 번호표를 붙이고 빈자리에 앉았다. 스튜디오 안에는 셀 수도 없이 많은 사람이 오디션을 보기 위해 와있었다. 한껏 긴장되는 분위기를 풀기 위해 태호는 손으로 시호의 다리를 툭, 건드렸다.

"야, 기다리면서 연습 좀 할까?"

"그러자."

연습한 노래를 서로에게 들릴 정도로 속삭이며 다시 되새겼다. 준비한 춤을 서로에게만 보일 정도로 작게 움직이며 맞춰보았다. 계속 춤과 노래를 맞추고 있다 보니, 안내요원이 쌍둥이를 부르는 소리가 들렸다.

"1090번! 이쪽으로 와서 대기해 주세요."

바로 앞 순서의 오디션 상황이 보여서 더 떨렸다. 곧이어 안내요원이 쌍둥이에게 들어가라는 손짓을 했다.

"들어가세요."

"우리 평소 하던 대로 하자!"

"오케이, 트윈스 파이팅!"

시호는 태호를 보며, 태호는 시호를 보며 고개를 끄덕이곤 심사위원들이 있는 곳으로 향했다. 심사위원 한 분이 쌍둥이의 긴장을 풀어주려 했다.

"안녕하세요? 어린 친구들이네! 많이 긴장되시죠?"

"네!"

태호는 씩씩하게 대답했고, 시호는 수줍게 고개를 끄덕였다.

"자기소개 하고, 준비한 거 보여주시겠어요?"

"네! 안녕하세요. 저희는 트윈스입니다. 별이 되는 그날까지 나아가겠습니다!"

TV로만 보던 심사위원들이 눈앞에 있다는 사실에 심장이 터질 것같이 떨렸지만, 쌍둥이는 준비한 대로 노래를 부르고 춤을 췄다. 준비한 것에 집중하다 보니 어느새 긴장이 풀렸고 쌍둥이는 성공적으로 무대를 마무리했다.

"와, 이렇게 춤을 잘 추는데 초등학생이라고?"

"아니, 물건이다, 물건! 너희 몇 학년이야?"

"초등학교 6학년이요!"

"트윈스, 쌍둥이라서 시너지가 배가 되네! 어우 대단해!"

"본인들이 트윈스를 소개한 것처럼 반짝반짝 빛나는 별이 될 것 같네요."

트윈스는 순식간에 4명의 심사위원의 마음을 뺏어버렸다. 1라운드, 2라운드, 3라운드, 4라운드. 계속 승승장구하며 단숨에 TOP100, TOP50, TOP10, TOP5까지 올라갔다. TV 방송에 나오며 트윈스는 시청자들의 마음도 빼앗아버렸고, 많은 팬을 얻게 되었다. 가끔 자잘하게 안무를 틀리기도 하고 가사를 잘못 부르기도 했지만 처음이니까, 어리니까 이해를 받았다.

쌍둥이의 질주는 멈추지 않았다. 치열하게 달리고, 올라오다 보니 최종 우승자를 뽑는 대망의 결승전을 치를 기회를 얻었다. 결승전은 지금까지 녹화방송과 다르게 생방송으로 진행되었다.

"나 꼭 이기고 싶어!"

"태호야, 나도!"

우승을 하고 싶었던 쌍둥이는 계속해서 더 멋지고 괜찮은 안무를 탄생시키기 위해 노력했다. 그 노력은 결승전 당일 무대 뒤에서도 멈추지 않았다.

"시호야, 아무리 생각해도 우리 2절에 여기 부분에 안무가 좀 심심하지 않아?"

"맞아, 그럼 우리 이때 서로 반대로 돌고 점프하고 앉는 건 어때?"

결국 무대에 오르기 10분 전에 둘은 안무를 수정했다. 수정한 안무를 맞춰보고 있는데 사회자가 트윈스를 소개했다.

"별이 되고 싶은 쌍둥이들, 트윈스! 과연 우승을 거머쥘 수 있을까요? 지금 바로 소년들의 무대가 시작됩니다!"

"와아!"

엄청난 함성이 들렸다. 무대에 올라온 쌍둥이는 이때까지 경험하지 못했던 엄청난 광경을 마주했다. 트윈스를 응원하는 수많은 플래카드, 트윈스라고 적혀있는 형광 응원봉들. 셀 수 없이 많은 관중. 시호는 눈앞에 보이는 광경에 그만 얼어버렸다. 태호는 긴장해서 고장이 나버린 시호의 어깨에 손을 가져다 댔다.

"야, 쫄지 말고! 저기 야광봉들 꼭 반짝이는 별 같지 않냐?"

태호의 말에 시호는 피식 웃고는 고개를 끄덕였다. 그 순간 준비한 곡의 도입부가 흘러나오기 시작했다. 쌍둥이는 무대 위에서 자세를 잡았다. 시호가 첫 소절을 부르기 위해 입을 열었다.

"단…, 단번에…, 어?"

그런데 시호가 첫 소절을 불러야 할 타이밍을 잘못 잡고 말았다. 당황한 시호는 고장 나버렸고, 임기응변으로 태호가 시호의 노래 파트를 대신해서 불렀다.

"단번에 난 꿈을 정했어~. 그 누가 뭐라 해도 난~."

태호는 시호의 두 눈을 보고 고개를 끄덕였다. 그 모습에 시호도 고개를 끄덕였고, 실수를 만회하기 위해 더 열심히 춤을 추었다.

"멈추지 않아~. Because~ 내 몸에 흐르는 아이돌 DNA~."

다시 공연에 집중하다 보니 시호는 긴장이 풀렸다. 1절이 끝나고 2절에서 바꾼 안무 부분이 다가왔다. 시호는 무대에 올라오기 직전 상의해서 바꾼 안무대로 점프했다.

"외쳐! 내 몸에 흐르는 아이돌 DNA~."

그런데 태호가 점프하지 않았다. 태호는 긴장한 탓에 바꾸기 전 안무로 춤을 춰버렸다. 쌍둥이는 이리저리 왔다 갔다 하며 정신을 차리지 못했고, 공연은 아쉽게 마무리가 되었다.

대기실에 들어온 쌍둥이는 한숨을 푹 쉬며 같은 말을 되풀이했다.

"아씨, 망했다."

결국 트윈스는 우승자를 뽑는 최종 라운드에서 우승하지 못했다. 준우승자로 도전을 멈추게 되었다. 오디션 최연소 2등이라는 타이틀을 얻었지만, 더 잘할 수 있었다고 생각한 쌍둥이는 우울해졌다. 시호는 자신이 먼저 실수한 탓이라 생각하며 뚝, 뚝 눈물을 흘렸다.

"미안해, 내가 처음에 실수해서…."

태호는 자신이 큰 실수를 한 탓이라 생각하며 고개를 숙이며 오열했다.

"야, 내 실수가 더 커."

그때, 무대가 끝나고 울고 있는 트윈스에게 한 사람이 다가왔다. 트윈스를 눈여겨보던 빅 엔터테인먼트 대표 심사위원이었다.

"트윈스! 고생 많았어. 오늘 무대 잘 봤다. 근데 표정들이 왜들 그래?"

"저희가 오늘 실수가 너무 많아서 무대를 망쳐서요…."

"괜찮아! 이것도 다 경험이야, 처음 큰 무대에 서는 거라 당연히 그럴 수 있지! 자, 그만들 우울해하고 너희들을 위해 좋은 소식을 가져왔다"

"네?"

태호는 아까 흘렸던 눈물을 채 닦지 못해 유난히 더 반짝이는 눈동자로 엔터테인먼트 대표를 쳐다봤다.

"너희 회사 있냐? 없으면 우리 회사 들어올래?"

"정말요?"

쌍둥이는 그렇게 빅 엔터테인먼트의 견습생 생활을 시작하게 되었다.

처음이라는 단어는 면죄부가 될 수 있다는 것을. 처음이니까, 처음이기 때문에 서툴러도 약간의 용서가 되기도 한다는 것을 쌍둥이는 알게 되었다. 하지만 그땐 몰랐다. 처음이라는 단어는 사람을 설레게도 하지만, 처음이라 모든 게 서툴러 힘겹게도 한다는 것을.

첫 번째 좌절, 연습생

　빅 엔터테인먼트에서 견습생 신분으로 기본적인 발성과 보컬, 그리도 댄스 트레이닝을 받은 쌍둥이는 손쉽게 연습생 평가에 붙게 되었다. 태호는 한껏 기대에 부풀었다.

　"야, 이제 우리도 빅 엔터테인먼트 연습생이다!"

　시호도 들뜨기는 마찬가지였다.

　"그러니까! 우리 파이팅 해보자!"

　쌍둥이에게 생긴 변화는 대형기획사의 연습생이 된 것뿐만이 아니었다. 그들에게 연습생이 된 것만큼 큰 변화가 있었다. 쌍둥이는 이제 초등학생에서 중학생이 되었다. 태호는 연습실로 가는 길에 시호에게 물었다.

　"야, 중학교는 초등학교랑 뭐가 제일 다를까?"

　시호는 신나서 입을 크게 벌리며 대답했다.

"교복! 나 솔직히 교복 입는 거 좀 기대돼."

하지만, 쌍둥이는 그때까지 알지 못했다. 기대와 다르게 그들은 중학교 생활 동안 교복을 입는 시간보다 운동복을 입는 시간이 더 많을 것이란 걸. 학교에서 많은 시간을 보낼 수 없다는 걸. 트윈스는 학생이기 이전에 빅 엔터테인먼트 연습생이라는 사실을 말이다.

회사 연습실에서 거울을 보며 안무를 연습하고 있는데, 실장님이 안무실로 들어와 트윈스를 불렀다. 실장님의 손에 종이가 들려있었고, 그는 손에 들린 종이를 트윈스에게 한 장씩 건넸다.

"내일 입학식이죠?"

"네!"

"이거 4교시까지 수업하고 점심시간에 조퇴할 수 있는 공문입니다."

"4교시요?"

"네, 연습해야 하니까. 학교에 이거 제출하면 됩니다. 공문 제출하고 학교에서 승인 떨어지면 회사에 2시까지 오면 되겠네요."

"네!"

"…네."

태호가 눈을 반짝이며 대답했다. 시호는 조금 아쉬운 듯 입술을 깨물었다.

시호의 반은 1학년 2반이었고, 태호의 반은 1학년 5반이 었다. 학교에서 선생님들은 쌍둥이를 학생이 아닌 대형기획 사 연습생으로 대했다.

"시호는 아이돌 준비하니까 맨 뒤에 문 바로 옆에 자리로 배정하도록 할게."

"…네."

쌍둥이는 분명 다른 반인데 담임 선생님들은 같은 말을 했다.

"태호는 아이돌 연습생이라 회사에 가야 하니까 나가기 쉽게 뒤에 문 옆 끝자리에 앉자."

"네!"

반 학생들은 빅 엔터테인먼트 연습생이라며 쌍둥이를 부 러워했다.

"시호야, 넌 좋겠다."

"응?"

"연습생이라서. 넌 학교에서 일찍 탈출하잖아~."

반 친구들은 어떨 때는 대형기획사 연습생이라는 색안경

을 끼고 쌍둥이를 바라보기도 했다.

"태호야~."

"…."

"너 왜 대답을 안 해? 아이돌 될 거라고 대답도 안 해 주냐?"

"아니, 그런 거 아니라 피곤해서 잠깐 졸았어."

"치, 거짓말하네!"

'나는 그렇지 않아. 네 마음대로 나를 판단하지 마.'

수도 없이 말하고 싶었고, 묻고 싶었다. 하지만 그때마다 회사에서 실장님이 하던 말이 떠올랐다.

"요즘은 학교폭력이다, 학창 시절 인성이다, 뭐다 하면서 말이 많이 나기 때문에 학교에선 더! 더! 더! 조심해야 해요."

아이돌이 되기 위해서 학교에서 가면을 써야 했다. 누구나 한 개의 가면을 쓰고 살아간다고 하지만, 아이돌이 되기 위해서는 수십 개, 아니 수백 개의 가면을 번갈아 가며 써야 했다.

"태호 먼저 나가야지."

"네, 감사합니다."

선생님의 말씀과 함께 4교시가 끝나기 10분 전에 태호는

운동복만 들어있는 가방을 메곤 1학년 5반에서 나와 시호
가 있는 1학년 2반 방향으로 향했다. 1학년 2반 앞에서 태
호를 기다리고 있던 시호는 빨리 오라고 손을 앞뒤로 흔들
었다.

"빨리 와!"

"오케이~."

둘은 걸음을 맞춰서 걷고, 버스를 타고 회사 연습실로 향
했다.

회사 연습실에 도착한 쌍둥이는 화장실로 갔다. 1번 칸,
2번 칸에 들어가 각자의 가방 속에 들어 있는 운동복을 꺼
냈다. 교복을 운동복으로 갈아입는 데 걸리는 시간은 5분이
채 되지 않았다. 옷을 갈아입고 그들은 연습실로 향했다. 실
장님이 쌍둥이를 불렀다.

"시호는 보컬 레슨 먼저~. 태호는 댄스 레슨 먼저~."

"네!"

춤 연습실에서 선생님의 목소리가 높아졌다.

"태호야, 손 떨어졌어, 손 더 뻗어야 해! 오늘따라 왜 이
렇게 동작에 힘이 없어?"

"죄송합니다."

"나한테 죄송할 게 아니라 너한테 미안해야지. 다음 주에 주간 평가랑 월말 평가랑 같이 있는데 이렇게 해서 잘할 수 있겠어? 업다운! 손 더 힘차게 뻗고, 스텝 신경 쓰고!"

"네."

"거울 보고 더 연습해! 너 스스로 찾아야 해. 어떻게 춰야 보기 좋은지!"

노래 연습실에서도 선생님의 목소리가 높아졌다.

"아니, 시호야. 한국 노래를 영어 노래처럼 불러봐. 연음처럼 발음을 굴리고 이어봐!"

"너도 잘 지내~. 내 생각~ 하지 말고~."

"아니, 코 쪽으로 비강을 좀 써봐."

"너~도 잘 지내~. 내 생각~ 하지 말고~."

"흠, 시호야. 뭔가 아쉬워. 월말 평가 노래 바꾸자. 주평은 도전적으로 해도 되지만, 월평은 장점을 최대화해야 해. 이 곡보다 장점을 더 극대화할 수 있는 다른 곡으로 바꾸자."

"저 열심히 연습했는데, 이 노래 꼭 하고 싶은데…."

"2주 남았으니까 곡 바꿔도 잘할 수 있을 거야! 시호는 잘하잖아! 이걸로 연습해보자. 다 너를 위해서 그러는 거야."

선생님은 시호에게 새로운 곡을 알려주며 보컬 연습실을

나갔다. 시호는 점점 자신을 잃어가는 것만 같았다. 회색 방음판이 사방에 붙여진 연습실 부스는 유난히 더 칙칙하게 느껴졌다. 발성 연습, 보컬 연습, 댄스 연습. 그리고 반복되는 주간 평가와 월말 평가. 연습과 평가라는 뫼비우스의 띠에 갇혀버린 것만 같았다.

쌍둥이는 연습생이 되면 아이돌이라는 꿈에 한 걸음 더 가까워지는 것이라고 생각했다. 마냥 행복할 줄 알았다. 하지만 대형기획사 연습생 생활은 쌍둥이가 상상하던 것과는 달랐다. 정말 많이 달랐다.

그렇게 연습생 생활은 1년, 2년, 3년… 쌓여만 갔고, 어느새 쌍둥이는 고등학생이 되었다. 그들은 영원히 벗어날 수 없는 무한의 세계에 덩그러니 남겨진 것 같았다. 한참을 연습하던 시호는 연습실 바닥에 누웠다.

"데뷔하면 행복할까?"

태호도 다리에 힘이 풀려 바닥에 주저앉았다.

"행복하지 않을까? 우리가 4년 넘게 꿈꾼 꿈이잖아. 하고 싶은 꿈이잖아!"

"우리는 언제 데뷔할 수 있을까?"

"그래도 넌 잘하잖아. 나보다 빨리 데뷔할 수 있을걸?"

"우린 트윈스야. 같이 가야지!"

분명 목적지가 있는데, 그 길로 갈 수 있는 터널을 향해 걸어가고 있는데, 터널 속이 너무도 어두웠다.

어둠을 넘고, 어둠을 넘고, 또 어둠을 넘었다.

쌍둥이들은 그렇게 어둠 속을 걸어가는 중이었다. 끝이 보이지 않는 터널을 걸어가는 중이었다. 그 어느 것도 확신할 수 없는 이 상황이 답답하고 괴로웠다. 하지만 자신들이 선택한 길이었다. 누굴 잡고 물어볼 수도 없었다. 물어본다고 해도 알려줄 사람도 없었다. 그 누구도 해답을 알려줄 사람은 존재하지 않았다.

06

첫 번째 시호의 용기

시호는 요즘 이상했다. 자꾸 뭔가 부족하다는 생각이 들었다. 춤 연습을 하다 화장실로 향했다. 다시 연습실로 들어가기 전에 눈앞에 보이는 게시판 앞에 섰다. 게시판에 붙어 있는 주간 평가, 월말 평가 순위표를 한참 동안 바라보다 맨 위에 적힌 글씨를 나지막이 읽었다.

"1등 신시호."

처음 받아보는 1등이라는 등수였다. 사실 시호는 일주일에 한 번씩 치러지는 주간 평가에서도, 한 달에 한 번씩 치러지는 월말 평가에서 2, 3등을 놓친 적이 없었다. 연습생 중에서도 유망주였다. 연습생들에게 숫자는 곧 자신의 위치였다. 평가에서 순위가 높다는 것은 데뷔할 확률이 높아진다는 걸 의미하기도 했다.

"하, 진짜 내가 왜 이러지?"

분명 1등이라는 등수를 받으면 달라질 줄 알았다. 1등을 하지 못하고 2등, 3등만 해서 부족한 기분이 드는 거라고, 그래서 행복하지 않은 것이라고 생각했다. 그런데 다, 정말로 이상했다. 1등이라는 등수를 받아도 마음이 텅 빈 느낌이었다. 자꾸만 자꾸만 부족했다. 먹어도 먹어도 배가 채워지지 않는 것 같은 기분이었다.

"태호한테 말해볼까?"

연습실로 들어오니 태호가 열심히 연습하고 있었다. 가장 가까운 존재인 쌍둥이에게 고민을 나눠볼지 잠깐 생각했다. 하지만 시호는 고민은 나눌수록 가벼워진다는 말을 믿지 않았다. 한 명이 고민을 다른 이에게 말하면 고민을 알게 된 사람이 두 명이 될 뿐이라고 생각했다.

"하, 아니다. 쟤도 지금 힘들 텐데."

복잡한 마음을 애써 다 잡고, 다시 일어나 거울 속 자신을 보며 좀 더 멋있어 보이는 표정과 동작을 연구했다. 거울 속에 비친 자기 모습을 보는데 문득 슬퍼졌다. 누군가에게 잘 보이기 위해, 인정받기 위해, 데뷔라는 걸 하기 위해 자꾸만 시호라는 존재가 사라지는 것만 같았다. 공장에서 만들어지는 똑같은 모양의 수많은 부품 중 하나가 된 기분이였다. 그러던 중, 실장님이 안무실로 들어왔다.

"여러분, 이번에 데뷔조를 뽑기로 했어요. 지금 예상으로 5인조 남자그룹을 생각하고 있습니다. 그러니까 내일 있을 월말 평가가 굉장히 중요한 비중을 차지할 겁니다. 다들 열심히 준비합시다!"

"네!"

연습생들이 우렁차게 대답했지만, 시호는 그러지 못했다. 옆에 있던 태호가 시호를 툭 쳤다.

"야, 너 요즘 무슨 일 있어?"

시호는 고민이 있다고 털어놓으려다가 꾹 참았다.

"어? 아니. 없어."

"레슨 끝나면 집에 갈 거야?"

"아마도?"

"그럼 난 조금만 더하고 갈게! 먼저 가."

태호의 말에 시호는 고개를 끄덕이고 시계를 확인했다.

"밤 10시네. 너무 늦지 않게 와. 엄마 걱정해."

시호는 연습하는 태호를 뒤로하고 집으로 향했다. 멍하니 걷다 보니 버스정류장에 도착했다. 집으로 향하는 버스에 올라탔다. 버스 맨 뒤에 자리를 잡았다. 가장 뒤에서 버스를 바라봤다.

"교복 입은 애들이 많네."

언제부턴가 시호에게 하나의 물음이 따라다녔다. '너 아이돌이 되고 싶어?'라는 질문이었다. 처음에 자신의 마음속에 이런 물음이 떠오를 때 외면했다. 너무도 당연하였으니까 대답할 가치가 없다고 생각했다. 지금 당장 고되고 힘들어서 쓸데없는 생각이 드는 거라고 여겼다. 그런데 그 물음표는 점점 부풀어 커져가고 있었다.

아침이 되었고, 시호는 학교로 등교했다. 교실 뒷문과 가까운 제일 끝자리인 자신의 자리에 앉았다. 곧 있을 월말 평가 때문에 마음이 복잡했고 머리가 터질 것 같았다.

"월말 평가를 어떻게 해야 하냐?"

4교시가 끝나는 종소리가 들렸다.

"아, 10분 전에 나가야 하는데."

회사로 가야 하는데 마음이 자꾸 이상했다. 뒤숭숭한 마음을 삭이고자 시호는 책상 위에 엎드렸다.

"어어, 안 갔어! 아직 있어!"

그때, 누군가 시호의 책상을 손으로 탁탁 쳤다. 무슨 일인가 싶어 시호는 고개를 들었다.

"응?"

고등학교 2학년 선배들이 우르르 몰려와서 시호를 뺑 둘러 에워싸고 서 있었다.

"얘야, 얘. 그 예전에 월드 스탄가? 거기 나온 트윈스 쌍둥이."

"와, 어릴 때 얼굴이 좀 있네."

"아니, 너 빅 엔터테인먼트 연습생이라며?"

동물원에 갇힌 동물이 된 것 같은 이런 기분 익숙했다. 아이돌이 된다면 이런 상황은 앞으로 수도 없이 일어날 것이고, 견뎌야 하고, 참아야 했다.

"너 데뷔는 언제 하는데?"

"좋겠다. 학교 수업도 안 들어도 되는 거 아냐?"

"잘 컸다, 너. 크면서 더 잘생겨진 것 같아."

하지만 익숙하다고 무뎌지는 건 아니었다. 매번 겪는 일이라고 괜찮은 건 아니었다. 시호는 이런 일을 겪을 때마다 괜찮지 않았다. 아무 대답도 하지 않고 멍하니 앉아있는데 누군가 시호의 어깨를 툭, 쳤다.

"헐 쟤 태호 아니야?"

"맨날 일찍 가서 못 봤는데. 너도 어릴 때 얼굴이 있네."

"저희 연습하러 가야 해서, 가볼게요."

태호는 시호를 일으켜 세웠다.

"야, 얼른 가자. 오늘 월말 평가야!"

시호는 못 이기는 척 태호를 따라나섰다. 학교 건물을 빠져나와서 둘은 운동장을 가로질러 걸었다. 태호가 패딩을 끝까지 올렸다.

"아오, 춥다."

"…."

"안 춥냐?"

"…."

"야, 너 요새 왜 그러냐? 데뷔조도 새로 뽑는데 정신 차려서 열심히 해야 할 거 아냐?"

시호는 패딩에 주머니를 푹 넣고 고개를 푹 숙였다. 잠깐의 정적이 흐른 뒤, 시호는 태호에게 말을 걸었다.

"먼저 가 있어. 나 교실에 두고 온 거 있어."

"뭔데? 기다릴게. 같이 가자."

"아냐 지금도 늦었잖아. 먼저 가. 후딱 갈게."

그렇게 태호가 달려서 시야에서 사라지는 걸 본 후, 시호는 천천히 학교를 돌았다. 매번 학교를 마치고 뛰어서 연습실로 향했다. 여유있게 학교를 걸어본 적이 없었다. 천천히 학교 운동장을 한 바퀴 돌고, 교문을 걸어서 나왔다.

"학교 크네."

하지만 습관이라는 건 참 무서웠다. 아무 생각 없이 가다가 도착한 곳은 연습실이었다. 연습실에서 월말 평가가 한창 진행되고 있었다. 실장님이 시호를 발견하고는 손짓하며 다가왔다.

"시호, 얼른 들어가! 보니까 아직 내 차례 안 왔어!"

실장님은 시호의 등을 잡고 연습실 쪽으로 떠밀었다.

"야, 너 이번 월말 평가만 잘 보면 데뷔조 뽑히는 건 따 놓은 당상인데! 진짜 얼른 들어가! 잘하고!"

시호는 오늘 겪었던 힘든 일들, 앞으로 겪을 일들, 이 모든 상황을 체념하고 단념하고 견디고 포기하며 아이돌이라는 것을 붙잡을 가치가 있는지 의문이 들었다.

"…."

당연히 포기해야 하는 것은 없었다. 지금 누려야 것을 포기하지 않기 위해 아이돌이 되는 걸 포기해야겠다고 결심했다. 춤을 추는 게 좋았을 뿐이었다. 억압당하는 건 싫었다. 학생 때 누려야 할 많은 것들을 누리지 못하는 건 싫었다. 자신을 잃고 싶지 않았다.

"어? 시호야. 안 들어가고 뭐해?"

"안 볼래요, 월말 평가."

시호는 항상 생각했다. 포기한다는 건 실패자라고. 포기해선 안 된다고. 어떻게든 버텨내야 한다고. 그런데 이번에 깨달았다. 포기라는 단어가 실패라는 단어와 같은 단어가 아닌 것에는 이유가 있다는 것을. 때론 포기하는 것이 그 어떤 것을 결정할 때보다 큰 용기가 필요하다는 사실을. 시호는 가슴 깊은 곳에서 들리는 자신의 소리를 유심히 들으며 또 다른 용기를 깨달았다. 시호는 태호에게 문자를 보냈다.

 – 나 월말 평가 안 볼 거야! 걱정하지 말고 평가 잘 보고 집에서 봐. 할 말 있어.

 시호의 첫 번째 용기는 포기하는 것이었다. 시호는 연습실로 향하던 양발을 건물 출입구 쪽으로 돌렸다. 그리고 연습실을, 빅 엔터테인먼트 건물을 등진 채 뛰어나갔다.

07

첫 번째 태호의 용기

태호는 사실 매 순간 시호가 부러웠다. 시호는 노래든, 춤이든 빨리 배웠다. 감히 태호가 따라 할 수도 없는 속도였다. 비단 빠른 것뿐만이 아니었다. 너무도 잘했다. 태호는 같은 걸 배워도 항상 시호보다 몇 시간은 더 연습해야 했다. 시호를 보면 자꾸 자신이 부족하다는 생각이 들었다. 태호는 복잡하게 생각하는 게 싫었다. 그냥 좋으면 좋은 거였다. 그런데 어느 순간부터 생각이 많아지기 시작했다. 그때, 실장님이 상담하자고 태호를 불렀다.

"태호야, 오늘 인바디 체크해보자."

"어? 네…."

실장님은 태호의 몸무게를 체크한 리스트를 넘겼다.

"태호가 65였네. 다음에 잴 때 63까지 만들기로 했었지?"

갑자기 상담하자고 하신 게 뭔가 불안했다. 태호는 조마조마한 마음으로 체중계 위로 올라갔다.

"자, 재보자!"

"어, 어 잠만요."

태호는 아차 싶어 체중계에서 내려와 양말을 벗고 윗옷도 벗었다. 그리고 다시 체중계로 올라갔다.

"흠, 너 감량하라고 했는데 쪄서 왔네? 살기 편한가봐? 살 빼는 게 정 힘들면 집 가야지. 뭐 별수 있나?"

"죄송합니다."

"태호야, 아이돌이 되고 싶어?"

"네."

태호는 어젯밤 참을까 말까, 백번도 고민하다 입 속으로 밀어넣었던 초콜릿 한 조각을 떠올리며 한숨을 쉬었다.

"태호야, 데뷔하려면 가수의 실력과 회사의 기획력 그리고 운까지 따라줘야 해. 이 세 가지 중에서 태호가 할 수 있는 건 뭐지?"

"가수의 실력이요."

"그렇지? 그럼 어떻게 해야 하지?"

"네, 노력하겠습니다."

"이제 곧 월말 평가야. 지켜보겠어!"

"네!"

조금 더 노력해 보자는 실장님과의 상담을 마치고 나오자, 태호는 기운이 쭉 빠졌다. 부정적인 이야기를 듣고 나면 작아지곤 했다. 요즘 태호의 마음속에서 아이돌을 하는 게 옳은지에 대한 고민이 피어나기 시작했다.

"벌써 연습생 4년 차가 넘어가는데, 나 재능이 없는 걸까?"

태호는 연습실로 향하다가 게시판에 붙어있는 주간 평가, 월말 평가 순위표를 쳐다봤다. 한숨을 푹 쉬며 볼멘소리를 냈다.

"8등 신태호…."

그리고 1등이라는 숫자 옆에 적힌 신시호라는 이름을 바라봤다. 물론 함께 잘되길 바라는 마음은 항상 변함없었다. 하지만 내심 억울했다. 왜 같은 엄마 아빠에게서 태어났는데, 심지어 쌍둥이인데 자기 재능이 시호보다 부족한지 알 수가 없었다.

"에이, 연습이나 하자."

태호는 헛헛한 마음을 안고 춤 연습실로 들어왔다.

월말 평가를 위해 연습을 시작했다. 음악에 맞춰 춤을 추고 노래도 함께 불렀다. 노래를 부르며 춤을 추자 속상했던 마음이 살짝 뒤로 밀려났다.

열심히 연습하고 있는데 시호가 연습실로 들어왔다.

'저 자식 대충대충 추는 거 같은데 왜 저렇게 잘 추냐? 태가 다르다 달라.'

시호뿐만 아니라 회사에는 날고 기는 연습생들이 너무도 많았다. 마음속에서 자꾸만 피어나는 부정적인 생각에 태호는 자꾸 쭈그러들다 펴지다를 반복했다.

그러던 중 실장님이 안무실로 들어왔다.

"여러분, 이번에 데뷔조를 뽑기로 했어요. 지금 예상으로 5인조 남자 그룹을 생각하고 있습니다. 그러니까 내일 있을 월말 평가가 굉장히 중요한 비중을 차지할 겁니다. 다들 열심히 준비합시다."

"네!"

어느 연습생보다 태호는 크게 소리쳤다. 대답을 마치고 시호의 표정을 봤는데 어딘가 불편해 보였다. 요즘 태호 본인대로 고민이 많아서 시호를 신경 쓸 겨를이 없었다.

"야 너 요즘 무슨 일 있어?"

"어? 아니. 없어."

무슨 고민이 있는 게 분명했지만, 시호의 저 표정은 말하지 않을 표정인 걸 알았다.

"너 레슨 끝나면 집에 갈 거야?"

"아마도?"

"난 조금만 더 하고 갈게! 먼저 가."

시호가 고개를 끄덕이곤 연습실을 빠져나갔다.

'월말 평가 끝나고 무슨 일인지 제대로 물어봐야겠다.'

태호는 몇몇 연습생들과 연습실에 남아 내일 있을 월말 평가에서 할 곡을 최종으로 연습했다.

"행복하다."

춤추는 게 좋았다, 노래하는 게 좋았다. 노래하고 춤추고 있는 자기 모습이 거울에 비춰지는 순간마다 미소가 지어졌다. 살아있음을 느꼈다. 월드 스타 오디션에서 생방으로 진행될 때 관객들의 환호성과 즐겁게 공연했던 짜릿한 순간을 잊을 수가 없었다. 아이돌이라는 직업은 많은 것들을 포기하고 견딜만한 가치가 있다고 생각했다.

아침이 되었고, 태호는 시호와 함께 학교로 등교했다. 교실 뒷문과 가까운 제일 끝자리인 자신의 자리에 앉았다. 곧 있을 월말 평가를 잘 봐야 한다는 생각에 계속 월말 평가 때 연습한 것을 머릿속으로 시뮬레이션 돌렸다.

'처음에는 점프하고 그다음에는 팔 돌리고 올리고 빠밤. 아, 뒤쪽에 조금만 고칠까?'

정신없이 고민하다 보니 4교시가 끝나기 10분 전에 나가는 것을 깜빡 잊고 말았다.

"아! 얼른 가야겠다. 시호는 갔나?"

혹시나 해서 시호 반에 가보니 시호가 멍하니 책상에 앉아있었고, 학생들 사이에 둘러싸여 있었다. 급한 마음에 얼른 시호를 데리고 밖으로 나왔다. 입고 있던 패딩을 뚫고 찬바람이 들어올 만큼 유난히 추운 날씨였다. 빨리 가야 하는데 자꾸 시호가 천천히 걸었다.

"야, 너 요새 왜 그러냐? 데뷔조도 새로 뽑는데 정신 차려서 열심히 해야 할 거 아냐?"

요즘 들어 얼이 빠져있는 모습이 보기 싫었다. 솔직히 태호 자신보다 재능이 있는데 나태해진 모습을 보니 꼴 보기 싫기도 했다.

"먼저 가 있어, 교실에 두고 온 거 있어."

태호는 시호가 거짓말을 하고 있는 걸 알았다. 다 티가 났다. 하지만 이번 월말 평가는 데뷔조가 걸려있었다. 태호에게 정말 중요했다. 그래서 일단 월말 평가에 집중하자고 결론을 내렸다. 후다닥 달려 버스를 타고 월말 평가가 열리는 연습실로 향했다.

떨리는 월말 평가가 시작되었다. 한 명씩, 한 명씩 평가가 진행되는데 시호는 오지 않았다.

"이 자식 왜 안 오는 거야?"

걱정하며 힐끔힐끔 휴대전화를 쳐다보는데, 문자가 한 통 왔다.

– 나 월말 평가 안 볼 거야! 걱정하지 말고 평가 잘 보고 집에서 봐. 할 말 있어.

안 본다는 게 무슨 의미일지 모르겠지만 연락이 오니 안심이 되었다. 태호는 다시 월말 평가에 집중했다.

어느새 태호의 차례가 되었다. 일렬로 앉아있는 학생들을 비집고 연습실 중앙으로 갔다. 월말 평가를 위해 안무 선생님, 노래 선생님 앞에 앉아있었다. 그리고 데뷔조 발탁을 위해 빅 엔터테인먼트 대표님도 표정 없이 평가하는 자리에 앉아있었다.

"안녕하세요. 태호입니다. 시작하겠습니다!"

대표님이 계셔서 긴장했지만, 태호는 침착하게 월말 평가를 위해 준비한 노래와 춤을 선보였다. 팔을 쭉 펴는 마무리 동작과 함께 준비한 2분이 끝났다. 태호의 춤과 노래가 마무리 되자, 대표님이 손뼉을 쳤다.

"와, 너 노래 엄청 늘었다아~. 오늘 눈에 엄청 띄었어. 퍼펙트!"

태호는 비로소 느꼈다. 처음이라는 것, 초심을 지킨다는 것이 정말로 어렵다는 것을. 가장 쉬워 보이는 것이 때론 가장 어렵다는 것을. 하지만 그만큼의 가치가 있다는 것을 말이다. 태호는 가슴 깊은 곳에 용기를 새겼다.

"덕업일치를 향해! 중요한 건 꺾이지 않는 마음!"

태호의 첫 번째 용기는 견디는 것이었다. 태호 자신이 좋아하는 노래, 좋아하는 춤, 좋아하는 일을 하는 것만큼 행복한 일은 없을 거라고. 그래서 버텨보겠다고, 성장하겠다고, 꼭 아이돌이 되겠다고 다짐했다.

두 번째 : 1, 1

태호는 월말 평가를 끝내고 집으로 향했다. 집으로 가는 버스를 타고 휴대전화 앨범을 열었다. 지금까지 촬영했던 자신이 춤추고 노래한 동영상을 하나씩 살펴봤다. 하나, 둘 살펴보다 오래전 시호와 같이 월드 스타 오디션 자기소개 영상으로 쓰려고 집에서 찍었던 동영상을 발견했다.

"안녕하세요! 저희는 트윈스입니다. 별이 되는 그날까지 나아가겠습니다!"

반짝이는 야광별이 붙여진 벽지를 배경으로 트윈스 소개를 하는 쌍둥이가 휴대전화 화면이 담겨있었다.

"와~ 우리 진짜 어렸네."

초등학생 시절의 쌍둥이를 마주한 태호는 피식, 웃음이 나왔다.

'이거 집 가서 시호 보여줘야겠다.'

태호는 초등학생의 두 아이가 함께 같은 말을 하는 모습을 보고 계속해서 낄낄거렸다. 한참을 웃다보니 집 앞이었다. 집으로 들어가려고 하는데 집 앞 놀이터 그네에 시호가 앉아있었다. 태호는 시호가 있는 쪽으로 다가갔다.

"야! 신시호!"

"어?"

"대체 무슨 일인데?"

태호가 시호가 앉아있는 옆 그네에 앉았고, 시호는 잠깐 아무 말도 하지 않았다. 태호는 그런 시호의 옆에서 말없이 앉아있었다. 잠시 뒤, 시호가 입을 열었다.

"오늘 춥지?"

"어, 겁나 춥다~."

태호가 그네를 앞으로 뒤로 움직였다.

"태호야, 나 고민 많이 했는데, 아이돌이 되고 싶지 않아."

"…"

"무책임하게 이런 말해서 진짜 정말 미안하다."

미안하다는 시호의 말에 태호는 왔다 갔다 움직이던 그네를 양발로 멈췄다.

"대체 뭐가 미안하다는 건데?"

"우린 트윈스잖아. 같이 데뷔하기로 약속했는데. 같이 가기로 해놓고 도망가서 미안해."

"뭐래! 멍청아, 너 없으면 오히려 경쟁자 하나 없어져서 좋기든? 이, 니 니한테 보여줄 거 있어."

태호는 그네에서 일어나 시호에게로 다가갔다. 그러곤 초등학생의 쌍둥이 영상을 시호에게 보여줬다.

"너 이거 기억나? 별이 되는 그날까지 나아가겠습니다!"

"당연히 기억나지. 이거 찍을 때 겁나 재밌었는데."

"야, 신시호! 나는 아이돌이 되는 것만 별이 되는 거라고 생각하지 않아."

시호의 눈이 커졌다. 크게 한 방 맞은 것 같은 표정을 지어 보였다.

"그러니까 넌 도망가는 거 아니고 너한테 맞는 별이 되기 위해 나아가는 거라고."

태호는 다시 시호의 옆 그네로 가서 앉았다.

"그니까 나한테 미안한 할 필요도 없어. 오늘부터 트윈스 해체하자!"

"해체?"

"그래! 트윈스라는 쌍둥이 아이돌 말고, 시호와 태호라는 아이 둘로 하자고!"

"아이돌 말고, 아이 둘?"

"그래, IDOL 말고 I 둘!"

태호는 쑥스러운지 그네를 힘차게 타기 시작했다.

"좋아."

"근데 너 아이돌 준비 안 하면 뭐하려고?"

"음, 몰라. 이제부터 알아가려고!"

시호도 환하게 웃으며 그네를 앞으로, 뒤로 힘을 주어 움직였다. 두 소년은 비로소 깨달았다. 첫 도전의 실패는 절망과 끝이 아닌 두 번째 도전을 할 수 있게 해주는 소중한 기회라는 것을, 처음이 있기에 다음도 존재한다는 것을. 유난히 추운 겨울, 쌍둥이는 어두운 하늘에서 더욱 밝게 빛나고 있는 수많은 별을 바라봤다.

앞으로 쌍둥이는 별이 되기 위해 어둠을 헤쳐 나갈 것이다. 그 별이 어떤 모양을 띠게 될지는 모르지만, 어떤 크기를 가지게 될지 모르지만, 어떤 색을 가지게 될지 모르지만.

자신에게 맞는 밝기를 조절하며, 자신에게 어울리는 자리를 찾으며. 각자의 속도에 맞춰서 나아갈 것이다.

밤하늘에 떠 있는 수많은 별 중 자신들이 원하는 별이 되는 그날까지.

스위치

최하나

01

윤서는 현관 신발장 앞에 우두커니 서서 자신의 두 발을
내려다보았다. 하얀 색깔의 단정한 운동화 한 켤레. 반대로
신발장 안은 텅 비어 있을 터였다. 지금 신고 있는 신발이
소녀가 가진 전부였다. 답답함이 순식간에 끓어오르다 이내
화로 변해버렸다. 결국, 운동화를 벗어 던지고는 그 앞에 주
저앉아 울음을 터뜨리던 소녀는 자신의 가방 속에 이 상황
을 완벽하게 망쳐버릴 뭔가가 있음을 깨달았다. 그렇게 윤
서의 유일하게 깨끗한 신발 한 켤레는 아크릴 물감투성이가
되어버렸다. 이제야 조금은 마음이 후련해졌지만 실은 상황
을 악화시켰을 뿐이었다. 결국, 윤서는 양말을 신은 채로 집
밖으로 나섰다. 오늘은 학교 앞에서 산 삼선 슬리퍼가 망가
진 신발을 대신할 터였다.

윤서에게는 이 모든 게 낯설고 두렵고 무섭고 짜증스러웠다. 신축 40평대 아파트는 복도식 13평으로, 아무 때고 말하면 받을 수 있던 아빠 카드는 이제 간신히 부탁해야 손에 쥘 수 있는 푼돈으로. 최신 유행템으로 도배했던 옷차림은 교복으로 모든 게 바뀌었다. 사업을 하던 윤서의 아빠는 새로운 대박 아이템이라는 소리에 재고를 무리하게 끌어안았다가 부도가 났다. 손에 가진 것도 없이 끝까지 돌려막으며 버텨봤지만 한 가장 나아가 한 가정이 붕괴되는 건 한순간이었다.

"엄마 이것 좀 어떻게 해봐아아아!!!"

윤서의 동생은 이제 베란다 밖에서 수시로 집으로 침범하는 바퀴벌레에 치를 떨면서 엄마를 찾지만 별수 없었다. 이제 받아들여야 했다.

"아빠! 어떤 아저씨가 안에 들여다보고 갔어!!!"

복도로 난 3평 남짓한 방을 자매 둘이 써야 하는 상황은 무서우리만큼 낯설었지만, 이제는 인정해야 했다. 모든 게 달라졌음을.

윤서는 등굣길에 차가 와서 자신을 치어주면 다시는 이

런 꼴을 보지 않아도 되지 않을까 하는 극단적인 생각에 사로잡힌 채로 천천히 발걸음을 옮겼다.

"삼선 슬리퍼 안 돼. 신발."

교문 앞에서 등교 지도를 하던 선생님이 윤서의 발을 가리키며 앞을 막아섰다. 윤서는 입술을 비틀어 깨물고는 최대한 비참한 표정으로 올려다보았다.

"왜? 무슨 할 말 있어?"

"오다가 신발이 뜯어져서 어쩔 수 없이 갈아신은 거예요."

소녀의 입에서는 바람이 새어나가듯 힘없고 작은 대답이 튀어나왔다. 선생님은 그런 윤서를 위아래로 한 번 훑어보더니 들어가라는 손짓을 해보였다.

"담엔 절대 안 돼. 복장 제대로 갖춰야 해."

윤서는 뒤도 돌아보지 않고 교실로 발걸음을 재촉했다.

오늘은 새 학년 새 학기 첫날이었다. 1학년 때 친하게 지냈던 현서 무리와는 이미 데면데면해진 터라 아이들이 모여 있는 자리에는 갈 수가 없었다.

"너 무슨 일 있어? 내가 뭐 잘못한 거야?"

매번 같이 가던 쇼핑도 빼먹고 머리하러 나서는 것도 빠지겠다고 하고 포토카드 모으는 것도 그만둔다고 하니 현서 무리가 이상하게 생각하는 눈치였다. 하지만 윤서는 자신의 처지가 달라졌다는 이야기를 차마 할 수 없었다.

"아냐…. 그런 거 아니야. 그냥 재미가 없어졌어. 나 NCT 이제 안 좋아해서."

그 말에 현서 무리는 이해가 간다는 듯한 표정을 짓더니 뒤돌아 자기들끼리만 대화를 하기 시작했고 그 후로 윤서는 혼자가 되어버렸다. 맨 뒷자리 아무도 앉지 않는 자리에 가방을 풀고 엎드려 있으니 잠시 후 선생님이 들어왔다.

"얘들아, 안녕. 2학년 3반 담임 최이현이다. 반갑다. 나 알지?"

앞문으로 들어온 단발머리에 뿔테 안경을 쓴 선생님을 보고는 아이들은 안도의 한숨을 내쉬며 반갑다는 표시로 소리를 지르기 시작했다. 그도 그럴 것이 최이현 선생님은 전교에서 아주 유명했기 때문이었다. 댄스부 고문을 맡고 있기도 했고 아이들에게 빡빡하게 굴거나 깐깐하지 않고 유머러스한 성품으로 인기가 있었다. 문과 아이들이 싫어하는 수학을 가르치지만 그런 건 하나도 중요하지 않았다. 반은 이내 시끄럽게 들썩거리기 시작했다.

"자자! 조용히 하고. 실은 오늘 새 학기에 전학을 온 친구가 있어요. 근데 조금 있다가 들어와서 자기소개 할 거지만 너무 시끄럽게 굴면 안 된다. 알았지? 부탁 좀 한다."

그 말에 아이들을 갸우뚱하다가 이내 다시 다소곳하게 자세를 취했다.

"자, 이제 들어와."

이현 쌤이 손짓을 하자 문이 천천히 열리며 가방을 메고 긴 생머리를 앞으로 늘어뜨린 채로 고개를 푹 숙인 한 학생이 들어섰다. 그 상태로 교단 앞까지 천천히 걸어와 입을 뗐다. 그 순간 반이 술렁거렸다.

"뭐야."

"그러게."

"진짜야?"

"진짜 맞아???"

"우리 학교에 아이돌이 온다고?"

"그것도 우리 반에?"

"말도 안 돼!!!"

너무 시끄러워 옆 반 선생님이 찾아왔다가 전학생을 보고는 고개를 끄덕거리더니 이현 쌤에게 조용히 시켜달라는 표시로 손가락을 입에 가져다 대었다. 이현 쌤은 난감한 표정으로 알았다는 듯 반 아이들을 조용히 시키기 시작했다.

"내가 아까 부탁했잖아. 얘들아, 이렇게 어수선한 모습 보일 거야? 첫날부터? 우리 꼴찌 반 되는 거야? 그런 거야?"

그 말에 갑자기 분위기가 찬물을 부은 듯 일순간 가라앉았다. 그도 그럴 것이 성서어지고등학교는 학군 내에서 서울대를 가장 많이 보내는 거로 유명한 명문이기 때문이었다. 강제로 하는 게 아닌데도 대부분 남아 자율학습을 11시까지 하고 토요일과 일요일에도 알아서 나와 공부를 했다. 가끔 이러한 분위기를 알지 못하고 진학을 하거나 쉽게 보고 들어왔다가 울면서 특성화고로 전학을 가거나 그만두는 경우도 종종 있었다. 그만큼 보수적인 면이 있는 학교였다. 그런데 그런 학교에 아이돌이 전학을 왔다니 아이들은 더더욱 믿을 수가 없었지만 일단 전학생의 자기소개를 듣기 위해 또 선생님의 당부 때문에 입을 꾹 다물었다.

"자, 그럼 자기소개 간단하게 해줄래?"

"저…. 제 이름은 한여름이고요. 잘 부탁합니다."

"왜 그룹명을 이야기 안 해?!"

"세비지! 세비지!"

아이들의 자세가 다시 흐트러졌고 곳곳에서 흥얼거림과 환호가 터져 나왔다. 그룹 세비지는 9명으로 구성된 4세대 아이돌로, 대형기획사는 아니지만 중소기획사의 기적이라고 불릴 정도로 히트곡을 다수 가지고 있었다. 그런데 그 멤버 중 하나가 윤서네 학교 그것도 같은 반으로 전학을 온 것이었다.

윤서는 맨 뒤에서 뚱한 표정으로 한여름을 바라봤다. 좌르르 하게 윤기 나는 긴 생머리. 일자로 정리해서 더 깔끔하고 보기 좋은 일자 눈썹. 사이즈 55도 클 것 같은 날씬한 몸매. 그리고 까마귀 색인 교복조차 잘 어울릴 정도로 좋은 핏과 소화력. 윤서는 마치 글로만 보던 완벽하다는 표현을 눈으로 확인하고 있는 것만 같았다. 그러면서 동시에 자신과 비교를 하기 시작했다. 망한 집안, 통통한 상체, 어떤 옷을 입든 덩치만 두드러지는 핏과 소화력. 게다가 아무런 특출난 게 없는 평범한 성격까지 번갈아 생각할수록 비참하기만 했다. 아이돌이 왔다고 해서 자신에게 좋을 건 하나도 없어 보였다. 자신과는 너무 다른 세계에 사는 존재는 소녀와 아무런 상관이 없었다. 윤서는 더는 지켜보고 싶지 않아 다시 책상 위로 엎드렸다.

"저, 선생님 근데 저기 세비지가 왜 우리 학교로 전학 온 거예요?"

"맞아요! 저흰 예고 아닌데…."

"한여름이 왜 우리 학교로 오냐고요. 미스터리네."

그 말에 선생님은 잠시 난감해하더니 입을 뗐다.

"그 이야기는 우리 여름이에게 직접 들을까? 그리고 너네도 들을 자세가 되어 있어야 말할 수 있는 건 알지? 잘 들어줘. 그럼 여름아, 조금만 더 이야기해줄래?"

"…공부하려고요. 열심히 학교 다니고 싶어서요."

예상치 못한 답변에 놀란 아이들은 다시 웅성대기 시작했다.

"아니, 한여름이 왜 공부를 해야 해? 활동하기도 바쁜 거 아니야?"

"아님 그냥 안전빵으로 학교에 이름만 걸어놓고 활동하려고 하는 거 아닐까?"

"그럴 거면 우리 학교보다 예고가 낫지. 거긴 연예인들 투성이잖아."

그 모습을 지켜보던 한여름이 이번에는 결심이 단단히 선 듯 입을 열어 크게 말을 했다.

"진짜로 공부해서 대학 가려고 왔어. 잘 부탁할게."

90도로 인사를 꾸벅하자 아이들은 그제야 웅성거림을 멈췄다. 하지만 의구심이 가시지는 않은 표정이었다.

"그럼… 자리는 어디로 할까?"

이현 쌤이 빈자리를 둘러보더니 손가락으로 정확하게 윤서 옆자리를 가리켰다.

"일단 저기 앉으면 되겠다."

"선생님 왜 저기예요!!! 여기 앉게 해주세요!!!"

"앞자리가 좋죠. 저도 아이돌이랑 짝꿍 좀 하게 해주세요!!!"

아이들의 볼멘소리가 터져 나왔지만, 선생님은 결정을 바꿀 생각이 없어 보였다.

"거기 짝꿍 일어나볼래?"

그 말에 윤서가 천천히 몸을 일으키자 선생님은 휘어진 반달 눈을 하고 웃으며 말했다.

"한여름 좀 잘 부탁해."

'쟤네 또야?'

번쩍이는 불빛에 깜짝 놀라 고개를 돌리면 한여름을 향한 일명 대포 카메라가 플래시를 터뜨리고 있었다. 한 대도 아닌 여러 대의 카메라가 복도로 난 창문으로 동시에 셔터를 눌러대는 통에 신경이 쓰여 아무것도 할 수 없었다. 짜증이 난 상태로 윤서가 슬며시 고개를 돌려보니 이 모든 일의 원인이자 원흉인 당사자는 태평하게 엎드려 잠을 청하고 있었다. 그것도 교과서 여섯 권을 탑처럼 쌓아 베고서는 말이다. 윤서는 소녀를 찔러볼까 말까 망설이다가 뚫어지라 쳐다보며 눈치를 주기로 했다. 하지만 자신의 눈만 아플 뿐 결코 한여름이 고개를 들 기미가 보이지 않았다. 그런 반응에 부아가 치밀어오른 것은 윤서뿐만 아니었다. 얼굴 한 번 보겠다고, 인증샷 하나 찍어보겠다고 2학년 3반까지 찾아온 아이들도 그랬다. 분명 쉬는 시간에 등하굣길에 화제로 올리고 싶었을 텐데, 쓸만한 이야깃거리 하나를 잃은 듯했다.

그때였다. 한여름이 끙 하고 소리를 내더니 몸을 잽싸게 뒤집어 윤서를 향해 누웠다. 그 순간 그 둘의 눈이 마주쳤다. 급작스러운 움직임에 윤서는 당황해 아무 말도 하지 못하고는 오히려 운동장 쪽 창가로 고개를 황급하게 돌렸다.

"지긋지긋하게 겪은 일이야. 신경 쓰지 마. 신경 안 쓰면 지들도 그냥 나가떨어지더라."

윤서의 어깨너머로 권태로운 목소리가 들려왔다. 윤서는 황급히 자리에서 일어나 뒷문을 열고 아이들을 제친 채 화장실로 향했다.

"쟨 도대체 무슨 생각인지 모르겠어."

"그러게. 얼굴 한 번 제대로 보기가 힘들어."

"걔도 막 그런 거 아니야? 나는 남달라 그런 류 말이야. 자기는 잘났다 이거지."

"그러기엔 나서질 않잖아. 오히려 막 나대야 그런 쪽인 거 아닐까?"

"나도 그렇게 생각해. 그리고 걔 자율학습도 다 한다고 했대."

"엥? 진짜로?"

"그것도 11시까지."

"그럴 리가. 10시까지 하는 것도 자율인데, 그걸 11시까지 다 꽉 채워서 한다고?"

"머리가 어떻게 된 거 아닐까?"

"아님, 진짜 마음을 단단히 먹은 걸까?"

"에이 설마. 활동 기간에 공부라고는 담쌓았을 건데?"

같은 반 아이들 셋이 저녁 급식을 먹고 돌아오면 한동안 한여름을 입방아에 올리며 이야기를 이어나갔다. 소녀가 속했던 그룹 '세비지'는 현재 잠정 활동중단 상태였다. 불과 일 년 전까지만 해도 활발한 활동을 이어가던 9인조 그룹은 멤버 한 명의 학폭 문제가 제기되자 'Once again'의 싱글 활동을 급작스럽게 마무리 지었고 그 후로는 이렇다 할 거취를 표명조차 하지 않고 있었다.

실은 4년 전에 데뷔해 정점을 찍고 난 상태라 구설수를 안고 가느니 차라리 후속 그룹 데뷔를 선택한 것이라는 카더라도 도는 상태였다. 그 와중에 한여름이 이렇게 일반고 등학교로 전학 와서 학업에만 전념한다고 하니 그 추측과 의심은 더욱 공고해지는 듯했다.

"나 좀 지나갈게."

자신의 이야기를 하는 걸 아는지 모르는지 그 와중에 한여름은 영어 단어장을 들고 그들 사이를 비집고 지나갔다.

"저거 워드마스터 아니야?"

"실력 하는 거 보니까 아무것도 모르지는 않나 본데?"

"진짜 맘먹긴 했나 보네. 이렇게 급식 먹을 때도 본다고?"

아이들은 혀를 내두르며 소녀의 뒷모습이 시야에서 사라질 때까지 바라봤다.

"밥 먹었어?"

한여름은 아이팟을 꽂고 있는 윤서의 등을 톡 두드리며 말을 걸었다.

"뭐라고?"

"밥은 먹었냐고."

"아니, 그냥 급식 신청 안 했어."

"그래? 그럼 뭐 따로 싸왔어?"

"그런 거 취급 안 해. 뭐하러 귀찮게."

그러고는 윤서는 다시 시선을 돌리고 음악에 빠져들었다. 하지만 한여름이 자신에게 먼저 살갑게 말을 끝까지 걸었다는 사실에 심장이 두근거렸다. 사실 소녀의 플레이리스트에도 그룹 세비지의 수록곡이 몇 개나 들어있었다. 윤서는 아무렇지 않은 척하고는 얼른 그중 최애곡인 'Sit down and Talk'을 틀었다. 전주부터 강렬한 힙합 비트가 흘러나왔다. 그리고 이어지는 끈적끈적한 랩. 이미지 전환을 해보겠다고 멤버 전원이 센 컨셉으로 복귀했을 때 가장 처음으로 밀었던 노래였다. 윤서는 후렴 부분을 입 모양이 보이지 않을 정도로 작게 따라부르다가 자연스럽게 한여름에게로 시선이 가닿았다. 귀 뒤로 살짝 넘긴 머리가 삐져나온 소녀의 옆모습. 그 와중에 교복 옷깃은 단정하게 눕혀져 있었다.

"뭐해?"

"뭐?"

"아니 뭐하냐고. 뭘 보는데?"

"보긴 뭘 봐."

"아님 말고. 너는 나한테 흥미 없는 줄 알았거든."

"흥미?"

"관심 없는 줄 알았다고."

"없어. 내가 그런 게 왜 있어?"

그 말을 하며 윤서는 얼른 멈춤 버튼을 눌렀다. 그러고는 무심한 듯 아이팟을 빼 케이스에 넣고는 오히려 몸을 한여름 쪽으로 돌려 빤히 쳐다봤다. 이제 그 브라운관에 한껏 클로즈업되던 얼굴이 윤서의 두 눈에 가득 담겼다. 그것도 손한 뼘 정도 되는 거리에서.

"자! 자! 오늘도 자율학습할 건데. 사정이 있는 친구들은 알아서 가면 되고. 하지만 알지? 내가 그때 이야기한 거? 서울대 간 선배한테 어떻게 공부했냐고 물으니까 밤 11시까지 자율학습만 꼬박꼬박했더니 그렇게 된다고 한 거. 자 그럼 시작!"

그러고는 담임은 한 바퀴를 휙 돌아 인원 체크를 했다. 이제는 정말 자율로 진행되는 터라 사유를 적을 필요도 없고 굳이 남아야 할 필요도 없지만, 자리를 뜬 아이들은 겨우 서넛 남짓. 총 20명 정도 되는 아이들은 교재로 눈을 돌려 공부를 시작했다. 뿌듯해하며 담임이 뒷문으로 빠져나가려고 할 때 한여름을 발견했다. 담임은 살짝 망설이다가 다가가 어깨를 두드리며 화이팅을 귓가에 외쳐주었다. 그 소리를 듣고 윤서도 쳐다보자 당황한 선생님은 손까지 들어 둘 모두에게 다시 한번 힘내라고 응원해주고는 자리를 떴다.

그렇게 세 시간 정도가 지나 일부 아이들이 집으로 돌아갈 무렵이 되어 윤서도 책상 위의 교재를 슬금슬금 챙기며 떠날 채비를 했다. 하지만 옆에 망부석처럼 앉아 공부에 전념하는 한여름이 몹시 신경 쓰였다. 특히나 화려한 세계를 경험하고 정상까지 맛봤던 연예인이 그것도 아이돌이 자신보다 더 열심히 한다는 사실에 질투가 났다. 이제 반에는 다섯 정도의 아이들 밖에는 남지 않았다. 20분 뒤엔 대부분이 하교할 터였다. 그렇게 고민하는 찰나 한여름이 쪽지를 보내왔다.

'잠깐 바람 쐴래?'

그 말에 윤서는 집에 가기를 포기하고 소녀를 따라나섰다.

"너 여기는 어떻게 안 거야? 나도 몰랐는데."

"급식 먹으러 갔다가 소화시킬 겸 이쪽으로 왔더니 왠지 창문으로 나갈 수 있을 것 같은 거야. 아무도 모를 것 같아서. 아무도 나를 안 찾을 것 같아서 한 번 올라가 보고 싶었어."

"너를 알아보는 사람이 아무도 없는 데를 가고 싶었다는 거네? 근데 나는 왜 데려와? 내가 소문낼 수도 있잖아."

"아니, 넌 안 그래. 안 그럴 거야. 눈빛 보면 알거든."

한여름은 두어 명의 몸통이 빠져나가기 충분한 섀시를 밀어 열고는 창문 밖으로 몸을 끌어올렸다. 뭐라고 대꾸를 할 새도 없이 눈앞에 두 발만이 동동 떠있는 게 보이자 윤서는 자신도 모르게 고개를 내밀어 보았다. 옥상을 막아 지붕으로 만든 구조물 위에 한여름이 발라당 누워 하늘 쳐다보고 있는 게 보였다. 거기까지 건너가려면 먼저 위로 몸을 끌어올린 뒤 팔 하나 정도 되는 틈을 건너야만 했다.

'할 수 있을까?'

윤서는 거리를 가늠하며 재다가 포기할까 하는 생각을 했다.

'쟤도 했잖아. 내가 왜 못 해?'

이내 몸을 끌어올리고 눈을 질끈 감고는 폴짝 뛰어 틈을 건넌 뒤 소녀의 옆에 앉았다. 한여름은 두 눈을 감은 채 이 바람과 공기를 즐기고 있었다. 조용한 학교. 별관 지붕 위. 두 소녀가 거기에 있다는 걸 아는 사람도 없었다.

"야! 말은 하고 가야지."

윤서는 꺼낼 말이 없어 일단 퉁명스럽게 소리부터 쳤다. 그러자 한여름이 눈을 게슴츠레 뜨고서는 소녀를 향해 말했다.

"올 거였어, 너는."

"뭘 그렇게 확신하듯 말하냐, 너는?"

"네 눈에 지겹다고 쓰여있거든. 나처럼."

"…."

윤서는 그제야 한여름 옆에 나란히 누웠다. 둘은 말없이 한동안 가만히 하늘을 바라보며 적막함을 즐기기만 했다. 먼저 말문을 연 것은 한여름이었다.

"넌 왜 안 물어봐?"

"뭘 물어보는데?"

"누구랑 친한지, 연예인 누구를 봤는지, 왜 이 학교에 왔는지, 쉬는 시간에 왜 맨날 잠만 자는지…. 그런 거 말이야. 궁금하지도 않아?"

"넌 사람들이 궁금해하지 않길 바라는 거 아니었어?"

"그걸 바라는 거랑 진짜로 그렇지 않은 거는 다른 거지."

"뭐가 그렇게 복잡해?"

"너 T야?"

한여름은 그제야 상체를 조금 일으키며 물었다.

"그래, 나 T다. 근데 그놈의 MBTI 지긋지긋해 아주 그냥. T라고 해서 감정 없고 공감 못 하는 거 아니거든요?"

"그러든지 말든지."

"암튼 안 궁금해. 딱히. 별로. 궁금해야 하냐?"

윤서는 양심이 찔려 자신도 모르게 횡설수설 말을 뱉었다.

"그 눈빛은 거짓말이라고 말하고 있네."

한여름은 콧방귀를 뀌며 답했다.

"너는 무슨 점쟁이냐? 네 말이 다 맞아? 뭐가 그렇게 확실하냐?"

"사람들을 너무 많이 봤거든. 쓸데없이 너무 오래. 연습생 시절부터 무려 7년이야. 지긋지긋해."

"…."

윤서는 7년이라는 말에 아무 말도 할 수 없었다. 열 살 무렵부터 연예계 생활을 꿈꿨다는 건데, 그동안 만난 사람들이 어땠는지, 사회생활은 어땠을지 감히 짐작도 할 수 없었기 때문이었다.

"그러다 보니 눈을 보면 알겠어, 대충은. 너는 나랑 눈빛이 비슷해. 지겨워하고 있어. 아니야? 내가 틀렸어?"

윤서는 그 말에 아니라고 답하고 싶었지만, 거짓을 말하는 건 영 내키지 않아 끝내 답하기를 포기했다.

"너도 안 궁금해하니까 나도 안 궁금해하고 안 물어볼게. 그냥 나머지 시간 여기서 이렇게 쉬다 가자."

"으응…."

윤서는 마지못해 얼버무리며 답을 하고는 일으켰던 상체를 그대로 눕히고 가만히 까만 하늘을 나란히 누워 바라봤다. 그리고 얼마나 지났을까? 둘은 깜빡 잠이 들었다는 사실을 깨달았다. 멀리 보이는 빨간 교회 십자가 말고는 모두 어둠 속에 잠겼다. 본관의 불이 모두 꺼진 걸 보아하니 자율학습을 하던 아이들도 모두 하교를 한듯 했다.

"빨리 내려가자."

그러고는 둘은 지붕에서 차례로 내려가 아래 섀시를 급하게 밀어보았지만 움직이지 않았다. 굳게 잠겨있었다. 둘은 당혹스러운 나머지 손을 입에 가져다 대고 아무 말도 하지 못했다.

"차라리 발로 차서 깰까?"

"그러다 다치면 어쩌려고? 아니, 백퍼 다친다니까. 안 돼!"

"그럼 소리라도 막 지를까?"

"차라리 그게 낫겠네. 당직 아저씨 있을 건데."

둘은 누가 먼저랄 것도 없이 "여기요!" 하고 크게 고함을 치기 시작했다. 하지만 그 소리를 듣지 못한 건지 아무도 없는 건지 돌아오는 대답은 없었다. 윤서와 한여름은 그렇게 지쳐갔다. 이마에 송골송골 땀방울이 맺히는 걸 알아차리자 둘은 앉아서 일단 재정비를 하기로 했다.

"아저씨 주무시나?"

"그래도 이렇게까지 못 듣는다고?"

그도 그럴 것이 둘이 다니는 성서여고는 산 바로 밑에 민가가 없는 곳에 자리하고 있었다. 버스 종점이라 졸더라도 정류장을 놓칠 일은 없지만, 대신 주변에 요기할 떡볶이집도 하나 없는 그런 곳이다. 대신 근처에 경기장이 하나 자리하고 있어 축구선수들이 연습하러 오면 소녀들의 마음을 설레게 만들기는 했다. 하지만 어린 소녀들이 일탈을 시도하기에는 적절하지 않은 위치인 것은 틀림없었다. 물론 그 점이 성서여고를 명문으로 만들어주는 요소로 작용하기도 했지만 말이다.

아무튼, 이 순간 별관 지붕 위에 남겨진 둘의 존재를 알아차릴 사람은 학교 관계자 외에는 전혀 없었다. 결국 둘은 자리에 도로 누웠다. 하늘에 반짝이는 별인지 인공위성인지 그것도 아니면 우주 쓰레기의 잔해인지 모를 것들을 바라봤다.

"근데 나 진짜 궁금해서 그러는데 그거 하나만 물어봐도 돼?"

"뭔데?"

"왜 11시까지 자율학습 하는 거야? 10시까지만 해도 되잖아. 아니 자율학습 그냥 안 해도 되잖아. 굳이 왜?"

"그냥 나 알아보는 애들이 기다리는 거 싫어서…."

"아…."

"주변에 학교는 없지만 여기까지 오는 사람 분명히 있을 건데 마주치기 싫어. 이제 좀 그런 건 질렸어."

"그래서 맨날 쉬는 시간에 자는 거야?"

"하나만 물어본다며?"

"아니 뭐, 그냥 궁금해서. 아님 말고. 근데 왜 그렇게 책을 탑처럼 쌓아놓고 자는 건데? 굳이?"

"…뭐야? 진실이 알고 싶어?"

"그런 거에 무슨 진실까지? 뭐 대단한 비밀이라도 있냐?"

"허리 아픈 거 싫어서."

"난 또 뭐라고. 야! 김빠지게."

"나 허리디스크가 심해서 교정기 차고 다녀. 이거 봐봐."

그러더니 한여름은 카디건 속으로 손을 넣어 교정기를 보여주었다. 플라스틱으로 되어있는 딱딱한 물체를 종일 차고 있어야 한다니 그 역시 쉽지 않을 듯했다.

윤서는 그대로 옆으로 살짝 돌아누웠다. 팔을 머릿밑에 깔고 누우니 한결 편했다. 윤서는 한여름에게도 그렇게 해보라고 권했다. 둘은 이제 서로를 향해 돌아누웠다. 두 눈이 마주치자 쑥스러운 듯 살짝 웃음이 터져 나왔다.

"이대로 시간이 안 갔으면 좋겠다."

"아니, 이대로 그냥 시간이 흘러서 아침이 되었으면 좋겠다고 해야지."

"여기서 얼어 죽진 않겠지?"

"이 날씨에?"

3월 초순의 날씨는 제법 쌀쌀했지만 둘의 옷차림도 아예 가볍지만은 않았다. 하지만 산 밑이라 더욱더 공기가 차가운 건 사실이었다. 그때 한여름이 카디건을 벗어 윤서 배 위쪽에 덮어주었다.

"너도 춥잖아. 나 괜찮아."

"아냐. 나 추위를 안 타."

"이름이 여름인데? 크크크."

윤서는 혼자 말하고 혼자 웃기 시작했고, 이내 여름도 따라 웃었다.

그렇게 한참을 떠드는데 본관 뒤쪽에서 검은 그림자가 조금씩 별관을 향해 다가오는 게 보였다. 손전등을 든 걸 보아하니 당직 경비아저씨가 틀림없었다. 윤서는 그 순간 벌떡 일어서서 한여름이 배 위에 덮어주었던 카디건을 머리 위로 휘두르며 소리를 지르기 시작했다.

"여기요! 아저씨!!! 여기요!!!"

그리고 한여름까지 합세하자 느닷없이 들려오는 큰소리에 깜짝 놀란 경비 아저씨는 둘이 있는 지붕을 향해 손전등을 비춰보고는 재빨리 앉으라는 표시를 했다.

"어이쿠."

그러고는 건물 안으로 황급히 뛰어들어가더니 둘이 있는

5층까지 올라와 이내 창문을 열어젖히고 둘을 확인했다.

"아니 학생들이 왜 여기 있어!"

"아니 그게…."

둘은 순서대로 아저씨의 부축을 받아 아래로 내려와 불쌍한 표정을 지은 채로 뒤를 따라 건물 밖으로 빠져나갔고 한동안 잔소리를 듣다가 그대로 귀가했다. 하지만 둘은 어째 개운하다는 표정을 짓고 있었다.

03

"자, 우리 낼모레 수련회 가는 거 준비 잘해야 하는 거 알지? 텐트 있는 친구들은 꼭 미리 준비해놓고 조에 한 명도 텐트를 가진 사람이 없으면 미리 선생님한테 말하고."

수련회가 이틀 앞으로 다가오자 조가 짜인 명단을 보며 담임은 종례시간에 하나하나 물품을 체크하고 담당을 정해주었다. 우연인지 필연인지 윤서와 한여름은 한 조가 되었고 조원은 제일 적은 인원인 셋이었다.

"네가 가져올 거 아니지?"

"왜? 내가 가져오면 안 돼?"

"아니 뭐, 그렇다기보다는 왠지 시키면 안 될 것 같아서…."

"뭐 그럴 때만 특별대우냐?"

지난번 지붕 사건 이후로 둘은 제법 가까워졌다. 이제는 급식을 먹고 돌아오는 길에 한여름이 윤서에게 빵셔틀을 자진해서 해줄 정도였다. 학기 초에 아이돌이 들어왔다며 관심을 보였던 아이들은 어느덧 잠잠해졌고 한여름도 눈에 띄지 않게 조용히 학교생활을 이어갔다. 지붕 사건은 경비 아저씨가 비밀로 해준 덕에 아무에게도 일러지시 않은 둘만의 비밀이자 추억이 되었다. 그 뒤로 섀시문은 자물쇠로 잠겨 아무도 드나들 수 없게 되었지만 말이다.

"근데 진짜 기대된다."

"뭘 기대까지야. 너 수련회 안 가봤어?"

"어."

"괜한 걸 물어봤네…."

그 말을 하고는 윤서는 머리를 긁적거렸다. 한여름은 데뷔한 이래로 쉬어본 적이 없었다. 싱글앨범 활동이 끝나고는 전국을 도는 행사가 이어졌다. 고추 마스코트를 들고 예쁜 척을 해야 하는 지역 축제도 있었고, 스님들 앞에서 민망한 가사의 노래를 불러야 하는 행사도 있었다. 그 때문에 한여름의 학창 생활은 거의 없다시피 했다. 다른 멤버 둘은 자퇴까지 했다. 나머지는 예중이나 공연 고등학교에 적을 올리고는 편하게 연예계 활동에만 집중했다. 하지만 한여름은 늘 자신이 경험하지 못한 보통의 학교생활에 대한 로망이 있었다.

"별거 없는데…. 암튼 기대하면 너만 실망해. 가봐야 싫은 것만 시키다가 막 손을 잡아라 화해를 하고, 서로를 사랑해라, 막 그런 낯간지러운 이야기만 늘어놓고. 산행이나 안시키면 다행이지."

"산행?"

"뭐 반끼리 나지막한 야산 같은데 찍고 내려오고 캠프파이어 할 것 같은데? 나 중학교 때는 그랬어."

"그것도 나름 재밌을 거 같은데?"

"…너 취향도 참 특이하다. 그런 애가 어떻게 아이돌을 했냐? 쯧쯧."

"뭐래."

한여름은 다시 책 탑을 쌓아올린 채로 누웠다. 이제는 그 모습도 아무도 신기해하지 않았다. 대신 한여름이 갑자기 목이 긴 부츠를 신고 다니기 시작했는데, 이 때문에 아이들은 특별대우라고 자기네들끼리 볼멘소리를 하긴 했다. 하지만 대놓고 이를 불평하진 않았다. 윤서도 그 모습이 특이해 보이기는 했다. 하지만 지금은 그런데 정신을 팔 데가 아니었다. 익숙했던 집과 이별하고 달라진 집안 분위기에 적응하느라 하루하루가 곤욕이었다. 상실을 경험하고 불편에 적응하고 있는 소녀에게 전직 아이돌의 특이한 신발 따위는 입에 올릴 소재조차 되지 못했다. 그러한 점 때문에 둘이 더 가깝게 지낼 수 있었지만 말이다.

"자, 이제 인원 체크하고 가방 검사한다. 혹시라도 술이나 이상한 거 챙겨온 사람 있음 자진해서 반납해. 그럼 그냥 넘어간다. 내가 딱 열 셀게."

그 말에 과자봉지 안에 팩 소주를 숨겨온 아이들이 제 발이 저렸는지 들고 앞으로 나가 자진신고를 했고 그 뒤로 줄을 이어졌다.

"어허, 이 간 부은 녀석들 좀 보게. 너네 어차피 대학 가면 다 실컷 할 수 있는데…. 압수야 압수. 대신 자진신고 했으니까 진짜 이번만 봐준다. 이따 불시에 방 돌다가 걸리면 바로 기합이야. 알았지?"

그러고는 아이들은 다시 가방을 주섬주섬 챙겨 텐트를 치러 자기 자리로 돌아갔다.

"야, 이거 쉽지 않은데."

윤서와 같은 조가 된 한 명은 이미 다른 텐트에서 자기로 했다고 알려온 터라 한여름과 단 둘이서 텐트를 쳐야 했다. 하지만 태어나 단 한 번도 직접 텐트를 쳐본 적이 없는 둘은 헤매기만 했다. 뼈대가 완성될 기미도 보이질 않자 맨바닥에 주저앉고야 말았다. 다른 조는 이미 폴대에 텐트 스킨까지 완벽하게 끼워 완성하기 일보 직전이었다.

"잠깐만, 내가 가서 물어볼게."

지친 윤서를 두고 한여름이 나서서 달려갔다. 멀어지는 뒷모습을 보며 윤서는 참 특이한 아이라는 생각을 다시 한 번 했다.

'백번 천번 생각해도 아이돌이 재밌지, 이 개고생이 뭐가 재밌대?'

잠시 후 돌아온 한여름은 발그레한 얼굴로 폴대를 다시 × 모양으로 만들더니 기어코 세우기에 성공했다. 그러고는 스킨까지 완벽하게 달고서는 혼자 힘으로 텐트를 다 쳤다. 윤서는 그 모습을 어안이 벙벙한 채로 지켜보다가 결국 손뼉을 칠 수밖에 없었다.

"야! 대단한데? 어쭈?"

그러자 한여름은 한 손으로 땀을 훔치며 활짝 웃어 보였다.

"성서여고! 반갑습니다. 오늘 수련회에 아주 잘 왔습니다! 나는 멋진 사나이 조교 김철중입니다. 지금부터 우리 간단하게 몸부터 풀고 산행을 시작하겠습니다. 낙오되는 친구는 하나도 없어야 합니다. 알겠습니까?"

"네!"

"목소리가 작습니다. 알겠습니까?"

"네!!"

그러고는 죽음의 훈련이 시작되었다. 쪼그려 앉아 백 번을 뛰고 팔굽혀펴기를 오십 개를 한 뒤 PT 체조가 시작되었다. 마지막 구령은 하지 않아야 끝이 나는데 번번이 개수를 말하는 학생이 나와 벌써 백 세트가 넘게 진행된 상태였다. 윤서의 다리는 이미 후들거려 가눌 수 없을 정도가 되었는데 오히려 한여름은 용케 버티고 있는 것처럼 보였다. 이상한 신발을 신고서도 빼는 내색 없이 잘하는 것 같아 윤서는 내심 대단하다는 생각이 들었다.

드디어 아무도 개수를 호령하지 않아 지옥의 훈련이 끝이 났다. 하늘은 이미 어두컴컴해졌고 야간산행만 남겨둔 상태였다.

"자, 이제 야간산행 시작합니다. 올라가면 중간에 내려올 수 있는 길이 없습니다. 그만둘 수 없단 말입니다. 아시겠습니까?"

"네!"

"아시겠습니까악??"

"네!!!"

각반 담임 선생님들이 중간에 한 명씩 자리를 지키기로 하고 자율로 마음에 맞는 친구와 움직일 수 있게 했다. 말만 산행이었지 거의 암벽타기에 가까울 정도로 지형이 험난했다. 경사가 거의 일자에 가까운 터라 조교의 말처럼 돌아서 내려가거나 중간에 포기할 수도 없었다. 그 상태로 윤서는 앞만 보고 죽어라 따라갔다. 한여름이 어디쯤인지는 신경도 쓰지 못한 채로.

그렇게 가파른 구간을 넘기고 산길이라고 부를 수 있을 만한 지형이 나타났을 때쯤, 아이들이 돌연 멈춰 서서 웅성대기 시작했다. 피곤했지만 호기심을 잠재울 수 없던 윤서는 소리가 난 쪽을 향해 다가섰다가 입을 가린 채로 깜짝 뒷걸음질 수밖에 없었다.

바닥에 널브러진 채 상체만 간신히 일으킨 소녀의 얼굴은 피투성이였다. 양손으로 눈 주위로 흘러내리는 피를 닦아내기 위해 애를 쓰는 듯 보였지만 역부족이었다. 피부가 얇은 눈두덩이에 깊고 길게 난 상처에서 핏방울이 계속해서 흘러나오고 있었다. 게다가 왼쪽 발은 한쪽 부츠가 벗겨진 상태라 맨눈으로도 확연하게 부자연스러운 상태임을 알 수 있었다. 윤서는 익숙한 얼굴임을 확인하고는 다가가 자신의 후드 집업을 벗어 눈가에 난 상처를 지혈하기 시작했고 이내 옷은 빨갛게 물들기 시작했다. 놀란 한여름이 당황한 표정으로 윤서를 바라봤지만 소녀의 행동은 단호했다.

"일어설 수 있겠어?"

윤서는 아이들에게 비키라는 시늉을 하고는 재빨리 부츠를 집어 옆에 선 아이에게 건네고는 양손을 한여름의 겨드랑이 사이에 넣고는 일으켜 세우려 했다. 몇 번의 시도 끝에 왼쪽 발을 땅에서 뗀 채로 일어서기에 성공하자 윤서는 한쪽 팔을 붙잡고는 후드집옆을 아예 건네어 눈가에 대라고 건네주었다. 그러고는 소녀를 부축하고는 산길을 내려가기 시작했다.

"괜찮아?"

그 둘을 보고 주변에서 한 마디씩 건넸지만, 윤서는 그에 대답할 여유가 없었다. 한쪽 다리를 들고 윤서에게 기대어 움직이는 한여름을 빨리 산 밑으로 데려가야 한다는 생각뿐이었기 때문이었다. 마침 담임 선생님은 후발대로 도착하는 학생 때문에 아래에 대기 중이었고 다른 선생님들은 자기 반에서 낙오되는 아이들을 돌보느라 여유가 없었다. 그나마 부장 선생님이 연락을 듣고서는 그 둘이 있는 쪽으로 올라오고 있지만, 시간이 꽤 걸릴 터였다.

"나, 괜찮아."

둘 중에 먼저 입을 뗀 쪽은 오히려 한여름이었다. 꾹 다문 입과 앞만 보고 진지하게 나아가는 윤서의 표정에서 심상치 않음을 읽었기 때문이었다.

"일단 내려가자. 내려가서 빨리 치료받자."

윤서는 한여름을 쳐다보며 말했다.

"괜찮을 거야. 괜찮을 거야."

한여름을 위로하기보다는 오히려 당황하고 다급한 자신을 위로하기 위해 혼잣말을 중얼거리는 듯했다. 한여름은 그 모습에 다쳤을 때도 나오지 않던 눈물이 찔끔 나오는 것을 느낄 수 있었다. 그렇게 둘은 무리를 헤치고 20여 분을 더 가서야 부장 선생님을 만날 수 있었다. 보자마자 한여름의 반대쪽 팔을 잡고 윤서와 함께 서두르기 시작했다. 피는 좀 잦아들었지만, 상처는 한눈에 봐도 깊어 당장 병원으로 가 응급처치를 받아야 할 듯싶었다.

"이게 무슨 일이야!!!"

놀란 담임이 멀리서 둘을 보고 뛰어오기 시작했다. 옆에는 카디건을 입은 지각생이 어리둥절한 표정으로 서 있었다.

"이렇게 심한 거였어?"

부장 선생님은 담임 선생님에게 한여름을 인계하고는 병원에 전화를 걸기 시작했다.

"괜찮겠어?"

"네."

오히려 담담한 한여름과는 반대로 표정이 굳은 윤서가 눈에 들어왔는지 담임은 이제는 윤서를 달래기 시작했다.

"수고했어. 너도 놀랐지?"

그 말에 긴장이 비로소 풀렸는지 허리를 접고는 숨을 크게 토해내는 윤서. 한여름은 미안한 마음에 피로 물든 후드집옆을 든 채로 꼼지락거리며 쉽게 건네질 못했다.

"전… 괜찮아요. 여름이나 빨리 병원으로 데리고 가주세요. 잘 걷지도 못하는 것 같고 눈도 많이 아플 거고요."

그사이 담임과 한여름은 도착한 응급차를 타고 윤서의 시야에서 사라졌고 소녀는 그 꽁무니를 오래도록 바라보았다.

"야, 나 괜찮다. 너 때문이야. 너 덕분이라고."

그날 밤늦게 다시 돌아온 한여름은 눈에 큰 반창고를 붙이고는 부츠 대신에 운동화를 신고 있었다. 윤서는 그 모습에 놀라 반가워하지도 못한 채로 멍하게 서 있기만 했다.

"안 갔어?"

"가긴 왜 가. 이 정도면 괜찮지."

"신발은?"

"그 신발 이제 안 신어. 안 신어도 돼. 아니 안 신을 거야."

"너 괜찮은 거 맞아? 야외에서 자도 된대?"

"안 될 거 뭐 있어? 피 난 거는 괜찮대. 여기 꿰맸어."

그때 담임이 뒤에서 불쑥 나타나 윤서의 손을 잡고는 몇 번을 흔들어 고마움을 표시하고서는 당부를 했다.

"원래 여름이 집에 가야 하는데 꼭 수련회 끝마치고 싶다고 해서 부모님 허락받아서 왔어. 진짜 이러면 안 되는데…. 너랑 같은 조라며? 끝날 때까지 잘 좀 챙겨줘. 나는 항상 근처에 있을 테니까 무슨 일 있으면 연락하고. 반장한테도 말해놨어."

"네, 제가 잘 챙길게요."

그제야 담임은 한여름의 두 손을 윤서에게 쥐여 주고는 급한 다른 일을 처리하기 위해 자리를 떴다.

"그러게 왜 부츠를 신고 와서 그랬어. 가뜩이나 힘든데…. 산행이 뭐 쉬운 줄 알아? 수련회가 장난이냐?"

윤서는 이제야 볼멘소리를 늘어놓기 시작했다.

"그거 자세 교정용이야. 안짱걸음 고치려고…. 소속사에서 보기 안 좋다고 맞춰준 건데…. 뭐 이젠 다시 안 신을 거야. 안 신어도 되고."

"그게 무슨 소리야?"

"나 이제 진짜 학생이잖아. 그런 거 이제 필요 없다고."

"너 아이돌이잖아."

"이 상황에서 네 입에서 그런 소리 나오니까 진짜 웃기다. 나 이제 아이돌 아니야."

"뭐?"

"너만 알고 있어. 나 탈퇴할 거야. 공홈에 올라오려면 좀 기다려야 할 건데…. 이미 논의 중이었어. 미련도 없고."

"…."

"암튼 난 이제 진짜 자유야. 나 이날을 기다렸다고! 선생님 이야기 들었지? '네가 책임지고 잘 보살펴야 한다. 흠흠.'"

한여름은 오히려 신난 목소리로 말하고는 윤서를 지나쳐 배정받은 텐트 쪽으로 발길을 옮겼다. 엄청난 소식에 놀란 윤서는 뒤늦게 소녀를 뒤따라갔다.

"근데 원래 텐트 안이 이렇게 좁나?"

"그거야 네가 물건을 바리바리 챙겨와서 그렇지. 무슨 바리바리 바리스타냐?"

"아니, 난 뭐가 필요한지 모르니까 없으면 안 될 것 같은 건 다 들고 왔지."

"아니, 아이돌 그만둔다는 애가 무슨 옷을 이렇게 산더미처럼 가져와?"

"그기랑 무슨 상관인데?"

몸을 누이기에도 좁은 2인용 텐트 안에서 둘은 옥신각신하며 정리를 하고 있었다. 조원이 다른 텐트로 간 까닭에 둘이서만 쓸 수 있게 되었지만, 한여름이 가져온 짐들을 대부분 밖에 내놓아야 했다.

"이제 좀 됐다. 근데 나 때문에 캠프파이어도 못 하고 장기자랑도 못 보는 데 괜찮아?"

"난 여태껏 실컷 봤거든? 친하지도 않은 애들이랑 어깨동무하고 눈물 펑펑 쏟으라고 강요하는 거 난 별로. 장기자랑도 뭐, 나가지도 않는데 나랑은 상관없지."

윤서는 아직 쌀쌀한 3월의 밤을 견디기 위해 침낭에 발끝부터 넣기 시작했다.

"야, 나 침낭 없어. 같이 쓰면 안 돼?"

"너 진짜…. 야 쓸모있는 건 하나도 안 가져오고!! 쫌!!!"

윤서는 볼멘소리를 하면서도 침낭 옆구리 지퍼를 열어 쫙 펼쳐 함께 덮을 수 있게 만들었다. 한여름은 그제야 이부

자리 안으로 쏙 들어가 얼은 몸을 녹이기 시작했다. 평탄화를 제대로 안 한 탓에 돌에 등이 배겨오기는 했지만, 그마저도 깔깔 웃으며 밤을 보냈다. 둘은 동이 터올 때까지 가져온 과자와 음료수를 먹으며 이야기꽃을 피웠다.

한여름은 데뷔한 이래로 탄산음료와 밀가루는 입에 대지도 못했다며 윤서가 챙겨온 초콜릿 과자를 세 봉지나 먹어치웠다. 불룩하게 나온 배를 보여주며 만족스러운 듯 두들기다가 먼저 잠이 들었다. 윤서도 한여름이 기이하지만 재미있는 친구라는 생각을 하며 새벽녘 까무룩 잠들었다.

이튿날, 먼저 잠이 깬 윤서는 온몸을 부르르 떨며 텐트 지퍼를 열어젖혔다. 아직 온도 차가 심한 3월이라 밖은 추웠다. 오들오들 떨면서도 잠을 청하고 있는 한여름이 불쌍해 보여 자신의 겉옷을 덮어주었다. 그때 피와 땀 그리고 먼지로 더러워진 머리가 보였다.

'이러고도 다시 올 생각을 했단 말이야?'

윤서는 애처로운 마음으로 한여름을 가만히 내려다보았다. 사방으로 뻗친 머리에다가 퉁퉁 불은 눈두덩이. 그리고 꼬질꼬질해진 행색. 더는 보기가 힘들어 먼저 텐트 밖으로 나서 자신부터 먼저 씻고 오기로 했다.

"아씨, 이거 뭐야!"

이미 샴푸 범벅이 된 상태로 소리를 꽥 하고 질렀다. 그도 그럴 것이 물이 찼다. 온수는 나오지 않는 상태. 윤서는 고민하다 그냥 감기로 했다. 하지만 속으로는 감기에 걸릴 수도 있다는 생각이 들었다. 그렇게 어렵사리 머리를 감고 수건으로 돌돌 만 채로 돌아오는 길에 다른 텐트를 기웃거려봤더니 아침을 준비하고 있었다.

"너 이거 어디서 났어?"

뜨거운 물을 끓여 컵라면에 붓고 있는 모습을 발견하고는 반가운 마음에 윤서가 물었다.

"포트 가져온 거야. 집에서."

"나 좀 빌려줘. 우리 텐트에 환자 있어. 환자."

"어? 한여름?"

"응. 좀 도와주라."

윤서가 난처한 표정을 짓자 소녀는 포트를 건네주고는 꼭 가져다달라고 신신당부를 했다.

"엄마 몰래 가져온 거야. 잃어버리면 나 죽어. 알았지? 내가 지구 끝이라도 쫓아가서 받아올 거야. 알았지?!"

"알았어. 왜 이렇게 사람을 못 믿어. 꼭 가져다줄게."

그러고는 윤서는 텐트로 돌아와 한여름을 깨웠다.

"으으응⋯. 뭐야? 일어나야 해?"

"난 다 씻었고 너도 좀 씻어야 할 거 같아."

"춥네⋯."

열린 텐트 틈 사이로 찬 공기가 스며들었다.

"일어나. 같이 가."

"나 혼자 해도 되는데⋯."

"말 같지도 않은 소리를 하세요. 일어나."

그러고는 그 둘은 함께 수돗가로 향했다.

"너 얼굴만 감싸고 있어. 물 들어가면 안 되니까."

"그럼 어떻게 머리를 감으라고."

"내가 할게."

그러고는 윤서는 조심스레 한여름의 머리에 샴푸칠을 하고는 포트에 미리 덥혀온 물을 섞어 헹구기 시작했다. 덕분에 한여름은 물 한 방울 손에 묻히지 않고 따뜻한 물로 머리를 감을 수 있었다.

"자, 얼굴 살짝 들어보세요오."

윤서의 말에 한여름이 손을 떼고 눈을 감은 채로 얼굴을 들이댔다. 그러자 윤서는 물을 살짝 적신 다른 수건으로 소녀의 얼굴을 살살 문질러 닦아주었다. 한여름은 순간 자신이 아기가 된 것 같아 계면쩍으면서도 동시에 고마움을 느꼈다.

04

"너 재밌는 구경 한번 해볼래? 왠지 너랑 잘 맞을 거 같아."

"뭔데?"

수련회 후 더욱더 가까워진 둘. 어느 자율학습 시간에 한여름이 윤서를 향해 말했다.

"우리 팀이랑 같이 오랫동안 움직인 댄서 언니가 하는 아카데미가 있는데 팝업 클래스가 있어. 나보고 놀러오라고 하는데 같이 가지고."

"춤?"

"응."

"나 춤춰본 적 없어. 잘 못 출 건데."

"아니 가서 같이 보자고. 누가 너보고 추래?"

"잘 맞을 거 같다며."

"아니 네가 재미있어 할 것 같다고. 너는 걍 구경이나 해."

포커페이스를 유지하며 구사하는 한여름의 거짓말에 윤서는 깜빡 속아 넘어갔다. 그냥 구경 가는 정도라면 재미있겠다는 생각도 들었고 놀러 가는 기분도 날 것 같아 그러겠노라고 답을 하고야 말았다.

그리고 이틀 뒤, 토요일 이른 오후 둘은 강남으로 향하는 전철에 몸을 실었다. 가는 내내 아이팟으로 한여름의 플레이리스트를 함께 들었다. 윤서는 낯설지만 강렬한 사운드에 귀가 번쩍번쩍하는 기분이었다.

"어째 한 번도 들어본 적이 없는 노랜데 다?"

"내가 좀 앞서가잖냐. 크크."

"뭐래."

"PD님이 추천해 준 음악이야. 레퍼런스로 들어놔야 해."

"참 쉽지 않다. 네가 하는 일도."

그러는 동안 둘은 강남 사거리 안쪽 골목 3층에 자리한 댄스 아카데미에 도착했다. 입구부터 사람들도 발 디딜틈이 없었다. 그래도 한여름이 모습을 드러내자 카운터 뒤에서 일을 보던 한 20대 중반의 여성이 자리에서 벌떡 일어나 팔을 번쩍 들며 아는 척을 해왔다.

"왔어?"

"네, 언니. 잘 지내셨죠?"

"난 잘 지냈지. 너는?"

"저는 학교 다니느라 요즘은 정신없어요."

"친구? 애 맨날 땡땡이나 치고 그러진 않고요?"

젤네일에 파츠까지 붙인 손을 한 댄서언니는 윤서의 어깨를 지그시 누르며 물었다.

"생각보다 뭐 나쁘진 않아요."

"생각보다? 뭐? 나쁘진 않아요?"

둘의 투덕거림이 시작되자 댄서언니는 그만하라는 제스처를 보이며 둘을 팝업 클래스 장소로 안내했다. 50평 정도 되는 넓은 연습실에는 이미 20명가량의 학생들이 대기 중이었는데 대부분은 둘과 또래이거나 몇 살 어린 듯한 모습이었다. 윤서는 그 모습에 놀라 한여름을 쳐다보았지만, 소녀는 오히려 어깨를 으쓱하고는 모른 척했다.

"자! 수업 시작하겠습니다. 오늘 저희 팝업 클래스 진행할 건데 왁킹이 좀 들어가거든요. 그래서 기본 동작 한 번 짚어보고 바로 안무 짠 거로 넘어가 볼게요."

그 말에 윤서는 한여름에게 속삭이듯 물었다.

"왁킹? 그게 뭐야?"

"해보면 알아."

"야!!! 구경만 하라며?!"

항의하는 윤서를 향해 한여름은 얼굴을 일그러뜨리며 익살스러운 표정을 짓고는 소녀를 피해 자리를 잡았다. 수업이 시작되자 윤서는 자뜩 긴장한 모습이었다. 그도 그럴 것이 대부분은 댄서를 희망하거나 연습생이 되고자 하는 지망생들이어서 이미 기본기를 알고 있는 상태였기 때문이었다. 진도는 생각보다 빨리 나갔고 정말 짚어만 주는 수준이어서 윤서는 정신을 똑바로 차리지 않으면 안 되겠다는 생각에 선생님의 손동작 하나 발끝 하나에도 촉각을 곤두세웠다. 그리고 시작된 노래에 맞춰 진행되는 안무.

하지만 윤서는 생각보다 어렵지는 않다는 생각이 들었다. 복잡한 동작 넣는 대신에 팔 동작이 돋보이게끔 만든 구성인 데다가 느낌이 중요하게끔 안무를 짜왔기 때문이었다. 덕분에 팔다리가 유난히 길어 항상 의도치 않게 7부 아니면 8부 소매의 블라우스만을 입을 수밖에 없었던 윤서에게 유리했다.

"자, 그럼 마무리 영상 찍을 건데, 수강생분들도 함께하죠. 음 자원해서 해보고 싶은 사람 있나요?"

그 말에 기다렸다는 듯이 한여름은 냅다 윤서를 무리 밖으로 밀어냈다.

"어! 지원자 여기 한 명! 더 있을까요?"

강사는 무리 밖으로 내팽개쳐진 윤서의 팔을 끌어당겨 자리를 만들어주고는 말했다. 윤서는 얼굴이 창피함과 당황스러움에 빨개졌지만, 화려한 조명 아래여서 그런지 티는 잘 나질 않았다.

'너, 죽었어!'

윤서는 입 모양으로 한여름에게 경고를 보냈지만, 소녀는 이미 재미있는 구경이 났다는 표정으로 팔짱을 낀 채 다른 쪽을 보고 있었다. 그리고 시작된 노래. 결국, 선생님과 단둘이서만 촬영을 하게 된 윤서. 처음에는 버벅대는 듯했으나 한 시간 반 내내 반복되었던 리듬에 익숙해져서인지 제법 느낌 있게 동작을 뽑아내었다. 그리고 포인트 안무인 왁킹의 기본 동작 트월도 틀리지 않고 잘 해내었다. 끝나고 선생님은 윤서의 어깨를 붙잡고 수고했다는 인사를 건넸다.

"야!!!"

윤서는 바로 자리로 돌아와 한여름에게 소리를 질렀지만 이미 소녀는 귀를 막고 연습실 밖으로 뛰쳐나가 버린 후였다. 그 뒤를 쫓아 건물 밖까지 나오자 어느새 한여름은 윤서가 좋아하는 배스킨라빈스 아이스크림을 사서 건넸다. 자신이 좋아하는 민트초코를 본 소녀는 화를 낼지 받아먹을지를 고민하다가 눈을 한 번 흘기고는 받았다.

"너 이걸로 넘어갔다고 생각하지 마. 이 거짓말쟁이야!"

"그래도 생각보다 재밌었지? 그치?"

"뭐⋯."

할짝거리며 민트초코를 즐기던 윤서는 대답을 얼버무렸다. 그것만으로도 충분히 대답이 되었다. 한여름은 놀리듯 앞서 뛰어갔고 윤서는 그 뒤를 쫓았다.

완벽한 봄의 어느 날이었다.

05

며칠 뒤, 윤서는 등굣길에 자신을 바라보는 듯한 수상한 눈길을 느꼈다. 그때마다 멈춰 서서 자신의 머리카락이나 옷에 뭔가 묻지는 않았는지를 확인해보았지만, 이상은 없었다. 그러다가 교문 안으로 들어서는 순간 자신을 대놓고 쳐다보며 웅성거리는 무리를 맞닥뜨렸지만, 때마침 뒤에서 나타난 한여름이 아는 척을 하는 바람에 그 때문이라는 생각을 하며 교실로 향했다.

"야, 너 이거 뭐야. 너 맞지?"

그때 복도 끝에서 달려오던 한 아이가 윤서를 붙잡고 스마트폰을 내보였다. 그 영상 속 주인공은 윤서가 맞았다. 자신도 깜짝 놀라 남의 스마트폰을 빼앗아 들고는 끝까지 뚫어지라고 화면을 바라보았다. 한여름을 따라갔던 댄스 스튜디오였다. 하지만 자신이 춘 게 이렇게 업로드될 줄은 몰랐다. 게다가 그 계정의 구독자는 무려 2천만 명이었다. 자신도 모르게 조회 수를 확인하다가 자신이 벌인 일이 뭔가 싶어 얼떨떨한 나머지 한 손으로는 창가 쪽 난간을 움켜쥐었다. 손에 힘이 잔뜩 들어가 벌게지는 사이 한여름은 그 모습을 지켜보다 피식 웃고는 교실 안으로 사라졌다.

"너, 알고 있었지? 그치? 그런 거지?"

"뭘 알았다는 거야?"

"이렇게 될 줄 말이야."

"당연히 몰랐지."

"그게 말이 돼? 너는 하나도 안 놀랐잖아. 네가 꾸민 일인 게 분명하다고!!!"

"야, 말은 바로 해라. 나는 알긴 알았어. 근데 언제 알았냐면 네가 팝업 클래스에서 처음 배운 왁킹을 멋들어지게 해냈을 때 알았다고. 이거 조만간 터지겠구나 하고. 그 학원은 원래 유명한 곳은 맞아. 시아 킴이 운영하는 데잖아. 춤에 관심이라고는 조금도 없는 너는 몰랐겠지만 말이야. 그 팝업 클래스 영상이 올라오는지 알았느냐고? 당연히 알았지. 수업 때마다 그러니까. 근데 수강생이랑 선생님 단 둘이서 추는 영상이 올라온 적은 없었어. 그러니까 나도 정확히는 몰랐지, 이렇게까지 될지는. 알겠냐, 멍충아?"

그 설명에 윤서는 울어야 할지 웃어야 할지 알 수가 없었다. 단지 자신이 춘 댄스 비디오 하나가 올라왔는데 이렇게 전교생의 관심을 받게 될 줄은 꿈에도 상상도 못 했기 때문이었다. 게다가 이럴 때 어떻게 반응해야 할지는 더더욱 몰랐기 때문이었다.

"그냥 즐겨. 이런 관심, 반응. 싫지만 않으면 말이야. 그냥 자연스럽게 행동해. Act Normal. 몰라?"

그러고는 한여름은 윤서의 주위로 몰려드는 아이들을 재밌다는 듯이 한 번 흘깃 쳐다보고는 책더미 위로 허리를 숙이고 다시 잠을 청하기 시작했다.

"너 맞지? 나 알지? 그때 진영이랑 같이 떡볶이 먹으러 갔었던."

"너도 나 알잖아. 우리 성동초등학교 나왔잖아."

종일 윤서를 발견하고는 알은척을 해오는 아이들이 끊이질 않았다. 함께 몇 시간이고 떡볶이를 먹고 밥까지 볶아먹을 때만 해도 먼저 말 한 마디도 안 걸던 아이들이, 이제는 아주 가냘픈 인연을 가지고도 어떻게든 이어 붙여보려고 다가왔다. 하나같이 영상 이야기를 하면서 말이다.

"진짜 잘 추더라."

"원래 춤췄었어?"

"와, 장난 아니던데."

낯선 이들의 칭찬에 윤서는 어떻게 해야 할지 몰랐다. 처음에는 아니라고 하며 손사래를 치기도 했지만, 그러면 아이들은 오히려 더 칭찬을 퍼부었다.

1절이 2절이 되고 2절이 3절이 되는 신기한 상황에 결국 윤서는 한여름이 말한 대로 고맙다는 말을 하며 마무리 짓기로 했다. 그러면 다들 인사를 하고 그대로 사라지며 다음 영상도 기대한다는 말만을 남기고는 이내 사라졌다.

"정신없는 하루였다⋯."

"어때, 유명세를 맛본 기분이?"

"근데 나는 E는 아니잖아. 그래서 이런 게 좀 좋다기보다는 좀 괴롭다는 생각도 들고. 근데 평생 받아볼 칭찬을 다 받아보니까 나쁜 것 같지는 않고. 우리 엄마도 나한테는 이렇게 안 했거든."

"익숙해지라니까. 내가 보니까 앞으로 너의 운명은 이 모든 것에 익숙해져야 할 것 같다. 알겠니?"

"야, 유명한 건 너 하나로 충분해. 나는 싫어. 난 그냥 일반인이라고."

"나는 충분히 누릴 만큼 누렸고, 나야말로 이제 일반인이야. 그렇게 쭉 살 거라고."

그러자 윤서의 목소리가 놀랄 만큼 작아졌다.

"너 발표했어? 다 알아?"

"아니, 아직. 근데 너는 알잖아."

"그래도 쫌! 이렇게 공개적으로 말하지 마. 아직은."

"친구한테도 못 말하나?"

"…친구?"

윤서는 자신을 손가락을 가리켜 보았다. 그러자 한여름이 눈을 동그랗게 뜨고서는 낯간지럽지도 않은지 고개를 끄덕이며 빤히 쳐다보았다.

"나? 친구? 그치… 그런데…. 이 정도로 믿을만한 친구?"

"응."

그 말을 마치고는 한여름은 귀찮은 듯 고개를 반대로 돌려 버렸다. 윤서는 자신을 절친한 친구로 생각하고 있다는 말에 어쩔 줄을 몰라 몸서리를 치다가 자신도 고개를 푹 숙이고 엎드리고 말았다.

"이번 축제는 개인별로 하는 장기자랑은 안 하고 반별로 한다고 하는데…. 우리 반은 어떻게 할까?"

그날 학급회의에서 반장이 안건을 내놓았다. 하지만 그 누구도 나서려 하지 않았다.

"다른 반은 어떻게 하는데?"

"뭐 율동 맞춰서 하는 데도 있고 누가 대표로 나가기도 하고 그런다는데?"

"그럼 연습해야 하는 거야?"

"단체로 한다고 하면 그렇지 뭐."

그 말에 아이들은 볼멘소리를 늘어놓기 시작했다. 명문고답게 고2 때부터 내신성적과 수능을 철저하게 준비하는 까닭이었다. 개인별 장기자랑이 없어진 것도 실은 그 때문이었다. 어차피 나설 사람이 없으니 반별로 강제로 뭔가를 해보라는 것.

그때였다. 한여름이 번쩍 손을 든 게.

"저, 혹시 대표로 나가는 거면 개인이 대표로 나가도 되는 거지?"

"응. 근데 상은 반 전체로 준대."

"우리가 해볼게."

"우리?"

"나랑 윤서랑."

"뭐???"

그 말에 반 전체가 술렁거리기 시작했다. 심지어 사물함 쪽에 기대어 서 있던 이현 쌤조차 놀라 몸을 곧추세웠다.

"야! 우리는 무슨. 난 아냐. 난 아니라고!"

손사래를 치는 윤서를 한여름이 강제로 막더니 하던 말을 기어이 마치고야 말았다.

"너네만 괜찮으면 나랑 윤서랑 나갈게."

"우아아아아아아아아!!!"

"역시!"

"그래!!!"

"1등은 우리 몫이지!!!"

아이들이 갑자기 환호성을 지르기 시작했다. 당황한 윤서는 어떻게든 아니라고 수습하려 했으나 이미 반 분위기가 둘이 대표로 나가는 게 기정사실화된 듯 보였다. 게다가 한여름은 이 반응을 즐기는 듯도 했다. 윤서는 그 자리를 박차고 나가려 했지만, 그 와중에도 눈치가 보여 어쩌질 못하다가 엎드리고야 말았고 주위에서는 그런 소녀의 어깨와 등을 마구 쳐주며 응원을 보냈다.

"너! 무슨 사고를 쳐도 이렇게 쳐! 나는 왜 끌어들이는데!!! 하고 싶음 너나 하라고!!!"

"너, 애들이 기대하고 있는 기 몰라? 그거 저버릴 서야?"

"뭔 기대를 해? 네가 부를 너희 히트곡을 기대하지. 나는 왜! 나는 싫어. 안 해!"

"나 히트곡 안 불러."

"너희 노래 안 한다고? 그럼 왜 나가?"

"마지막이니까."

"뭐가 마지막인데?"

"은퇴 전에 하는 마지막 무대."

"…."

윤서는 그 말에 울상이 되어버려 어떤 말도 꺼낼 수가 없었다.

"아, 근데… 그걸 왜 나랑…."

"나의 은퇴 무대이자 너의 데뷔 무대이니까."

"나는 왜…. 나는 그런 거 못 해. 아니야."

"나는 너한테서 내게 없는 가능성을 봤거든. 너는 이렇게 될 운명이야. 너 춤추는 거 싫어?"

"아니 그런 건 아니고⋯."

"이제 너는 평범하게 살고 싶어도 평범하게 못 살아. 어떻게 할래? 그냥 이렇게 아무한테 오는 게 아닌 기회, 흘려버릴 거야?"

"너는 왜⋯? 너야말로 재능이 있잖아."

"나는 그 세계를 봤고 이제 그만하고 싶어. 그만할 때야. 나는 일반인으로 제대로 살아가고 싶고, 그럴 운명이라고 생각해."

"⋯."

"하는 거다?"

"⋯."

한여름은 대답 없는 윤서의 손을 잡고 앞뒤로 가볍게 흔들었다. 결국 윤서는 마지못해 승낙을 해버렸다.

"자, 익스텐션. 이렇게 쫘악. 옆을 길게 늘여봐!"

다시 찾은 빌리언 댄스스쿨에서 한여름의 도움으로 강습을 무료로 들을 수 있었다.

"자, 이제 노래 한번 틀어줄 테니까, 트월도 해보고 다리도 맘대로 움직여보고. 개인기 있는 친구들은 한번 해보고. 알았지?"

선생님이 플레이 버튼을 누르자 하이라이트 부분이 재생되기 시작했다.

"I don't want to stay another minute. I don't want you to say a single word….."

그러고는 수강생들은 릴레이 댄스를 선보이듯 자신의 차례에 에잇 카운트 정도 동작을 선보이고 맨 뒤로 가고…… 드디어 윤서의 차례가 왔다.

'뭐 하지?'

그러다 아무 생각 없이 팔을 뒤로 넘기자 조금씩 꺾어지며 신기하게 끝까지 돌아갔다. 그 모습을 본 선생님이 깜짝 놀라 물었다.

"너 본브레이킹도 할 줄 알아? 연습한 거야?"

"네? 아뇨…… 그냥 된 건데……"

"큰 무기 될 거야. 꼭 제대로 연습하고 네 걸로 만들어."

그러고는 선생님은 윤서의 등을 두어 번 두드려주고는 자리로 돌아갔다. 얼떨떨한 기분으로 윤서는 그 자리에 섰다가 노래가 꺼짐과 동시에 서둘러 연습실을 빠져나갔다.

06

　윤서와 한여름은 이날도 함께 자율학습을 마치고 귀가했다. 집으로 향하는 길에 둘은 얼마 남지 않은 축제 무대를 의논했다.

　"'Hush Hush'로 할 거야? 근데 쫌 오래된 노래라서 애들이 좋아할까?"

　"그것만큼 네 동작을 잘 보여줄 수 있는 노래가 없다니까. 그리고 내 목소리 톤이랑도 어울리고. 왁킹 대회에서도 자주 나오는 노래라고. 딱이야. 이거 말고는 없어. 근데 너무 길어서 좀 잘라야 해."

　"원곡도 4분 정도밖에 안 하던데…. 그러면 뭐 보여줄 게 있을까?"

　"네가 뭘 몰라서 그래. 그 무대 보는 애들 집중력이 얼마

나 될 거 같냐? 요즘은 그냥 노래도 2분 30초로 만든다고."

"그냥 올라가서 내려오는 수준밖에 안 될까 봐 그러지."

"나만 믿어. 그래도 무대는 많이 해봤잖아. 1분 30초는 너무 짧고, 2분에서 2분 30초 정도로 정리하면 될 거야."

"그럼 뭐 MR 이런 것도 우리가 민드는 거야?"

"그건 아는 사람한테 부탁하면 돼. 우리 녹음할 때 도와주던 오빠인데, 지난번에 한 번 내가 뭐 해줘서 들어줄 듯?"

"오, 능력자! 좋긴 좋다! 근데 이제 이게 끝이라니 아쉽네…. 넌 아냐?"

"난 하나도 안 아쉬워. 끝나면 이제 먹고 싶은 거 실컷 먹고 평범하게 살 거야. 집에 있는 곤약밥이랑 닭가슴살 다 갖다 버려야지. 평생 과자봉지 뜯으면서 아무도 못 알아보는 삶을 사는 게 내 목표야."

"거 참 소박한 목표일세…."

한 마디 더 하려다가 윤서는 입을 다물었다. 자신이 경험해본 적이 없는 세계와 삶에 대해 이러쿵저러쿵 맘대로 말하는 게 마음에 걸려서였다.

11시가 넘은 시각이었지만 한여름은 오히려 쌩쌩해 보였다. 자율학습 시간에도 스마트폰 한 번 만지지 않고 문제집을 풀고 또 풀었다. 솔직히 속으로 혀를 내둘렀다. 그 모습을 보고 있자니 자신이 한심하게 느껴지기조차 했다. 그래서 윤서 자신도 모르게 한 번씩 스마트폰을 들여다보고 싶어질 때마다 마음을 접었다.

'한여름도 하는데 내가 왜!'

이렇게 미음속으로 외쳐가면서 말이다.

둘은 어느덧 서로에게 좋은 자극을 주는 둘도 없는 파트너이자 단짝이 되었다.

"자, 얘들아. 수업은 그대로 할 거고, 다 끝난 다음에 축제 시작할 거니까 괜히 들뜨거나 그러지 마라. 알았지?"

조회시간에 들어온 담임은 당부를 하고 또 했다. 여태껏 쌓아왔던 탑이 오늘 하루로 인해 와르르 무너질까봐. 성서여고 아이들은 명문답게 알아서 공부하는 타입이지만 한 번 느슨해지면 그 타격이 오래갈 수 있었다. 이번에는 유명하진 않지만, 초대가수와 초대 댄스팀도 각각 두 팀이나 불렀다. 이 정도면 7 to 11으로 유명한 성서여고에서는 할만큼은 한 셈이었다.

이번에는 반 대항 장기자랑이라 학생들 대부분이 남을 테고 명실상부하게 대표 학교 행사로 자리 잡게 될 거였다. 오히려 그 때문에 선생님들은 걱정하고 있었다.

"근데 오늘 비 온다고 하지 않았어?"

"그랬나?"

아이들은 웅성거리며 창밖을 확인했다. 가는 빗줄기가 조금씩 떨어지고 있었다. 하지만 하늘을 보아하니 오래 갈 비는 아닌 듯했다. 아이들의 가슴은 다시 설레고 있었다.

그 와중에 설레지 않은 이는 단 한 명이었다. 윤서. 단 한 번도 많은 이들 앞에 선 적이 없다. 이번 경험을 통해 성장하게 될 거라는 생각에 한여름은 벌써 흐뭇했지만, 그 마음을 소녀가 알 리가 없었다.

"여기 괜찮을까?"

트월 동작과 함께 다리를 살짝 찢는 포즈를 보여주자 한여름이 고쳐주기 시작했다.

"그보다는 가능하면 한쪽 다리를 높게 들어주는 건 어때? 유연해서 가능할 거 같은데."

"이렇게?"

그와 동시에 윤서는 왼쪽 다리를 높게 올려 가슴에 닿아 보였다. 그 동작을 몰래 훔쳐본 아이들이 환호성을 내지르기 시작했다.

"굿!"

한여름은 엄지를 치켜 보이고는 이내 MR 반주에 흥얼거

리기 시작했다. 작게 부르는 데도 그 소리가 반 전체에 울려
퍼졌는지 어느덧 모든 아이가 숨까지 참고 집중하고 있었
다. 그 사실을 알면서도 한여름은 개의치 않아 했고, 윤서는
그 모습을 보고는 속으로 내심 대단하다는 생각을 했다.

'아이돌은 역시….'

"자, 이제 성서여고 학우분들이 그렇게 기다리던 반대항
장기자랑! 더 지체 안 하고 바로 시작하겠습니다앗!!!"

무대에 오른 방송부 아이가 마이크를 잡고 과장된 몸짓
과 목소리로 거세게 소리를 뱉어내자 일제히 환호가 쏟아
졌다.

"우와아아아아아아아아!"

"꺄아아아아아아아앗!"

윤서와 한여름은 대기실 천막 아래에서 다른 참가자 아
이들과 앉아 그 소리를 듣고 있었다.

"나 너무 긴장돼."

입술까지 파래진 윤서가 한여름에게 말하자 소녀는 차가
워진 손을 잡아주었다. 가슴 윗부분까지 내려온 숄이 긴장
감으로 흔들리자 한여름은 그마저도 잡아주며 괜찮다고 등
을 두드려주었다.

"올라가면 달라질 거야. 난 알아."

그 말에도 긴장을 완전히 떨쳐내지 못한 윤서는 다른 팀들의 무대를 전혀 보지 못하고 대기실 천막 안에서 자신의 파트를 연습하고 또 연습했다. 축제를 여유롭게 즐기는 한여름과는 대조적인 모습이었다.

'쟤는 큰 무대도 서봤으니까 이건 아무것도 아니겠지.'

하지만 그와는 다른 이유로 한여름의 마음도 가볍기만 한 건 아니었다. 연습생 생활까지 총 7년의 삶이 정리되려 하는 참이었으니까 말이었다. 완고한 결정이었지만 다시 한 번 마이크를 들려고 하니 흔들리는 듯했다. 그래도 한여름은 그 마음을 꼭꼭 숨겼다. 그게 아이돌로 사회생활을 먼저 경험한 자세에서 나오는 연륜이었다.

"자, 그러면 드디어 기다리고 기다리던 멋진 듀오의 무대입니다. 2학년 3반을 대표해서 나온 한여름과 장윤서! 박수로 맞이해주세요."

둘이 무대 위에서 포즈를 취하자 노래가 흘러나오기 시작했다. 그리고 한여름의 표정이 확 바뀌기 시작했다. 소울풀하면서도 차분하게 도입부를 부르자 아이들은 팔을 좌우로 흔들며 호응했다. 윤서는 잠시 뒤 하이라이트 부분에서 왁킹과 본브레이킹을 선보일 예정이었다. 이걸 위해 한여름의 부탁으로 편곡까지 한 참이었다.

드디어 비밀병기를 확실하게 보일 시간. 윤서가 나섰다. 윤서가 화려한 트월을 선보이자 앉아있던 아이들이 일어서 앞으로 마구 달려 나왔다.

"와아아아아아아아아!! 대박!!!"

"쟤 장난 아니네."

게다가 거의 들리지도 않는 작은 소리까지 다 잡아내며 하나하나 동작으로 꽂아주자 아이들은 놀라움을 금하지 못했다. 이제는 진짜 하이라이트 중의 하이라이트. 윤서의 본브레이킹이 이어지자 운동장이 삽시간에 조용해졌다가 이내 환호로 가득 찼다.

"저 정도라고???"

"진짜 장난아니다!!!"

"장윤서 최고!!!"

한여름의 존재는 이미 잊혔지만, 소녀는 섭섭하지 않았다. 친구를 이제 무대라는 세계에 데뷔시키고 자신은 자신만의 무대에 집중할 수 있게 되었으니까.

그 둘은 결국 반을 대표해 인기상을 받았다.

"어~ 댄서 간다. 저기 장댄서. 어이."

"야야 스타 지나간다. 스타 지나가."

윤서는 자신을 알아보는 아이를 발견하자마자 숨고 싶었지만, 한여름이 해준 충고를 기억해내어 눈으로 아는 척을 해 보이고는 고맙다는 표시를 했다. 그때 갑자기 아이들이 소리를 지르고는 2학년 3반으로 달려가기 시작했다.

'뭐지?'

윤서는 당황스러운 마음에 그들을 따라 자기 반 교실로 향했다. 그러자 한 무더기의 아이들에게 둘러싸인 한여름이 눈에 들어왔다.

"무슨 일 있어?"

윤서가 무리 바깥에서 조심스럽게 옆에 서 있는 아이에게 물었다.

"한여름 탈퇴한대!"

"탈퇴? 너 어디서 들었는데?"

"편지 올라왔어, 손편지."

"여름아, 진짜 그만두는 거야?"

"왜???"

"세비지 이제 안 해?"

아이들은 한여름을 향해 질문을 쏟아내기 시작했다. 윤

서는 급히 세비지 공식 홈페이지에 접속해 올라왔다는 편지를 확인했다.

"Mercy들 안녕? 오랜만이죠. 이렇게 손편지를 쓴 건 정말 단콘 이후 처음인 것 같아요. 오늘은 여러분이 그렇게 반겨줄 것 같지 않은 소식을 전하기 위해 어렵게 펜을 들었어요. 세비지로 지낸 5년 가까운 시간 동안 너무 행복했습니다. 늘 분에 넘치는 사랑을 받는 것 같아서 즐거운 나날이었고 감사한 시간이었습니다. 그 기간 저는 연예인이자 가수로서 성장할 수 있었습니다. 그 기억 이제는 소중하게 간직할게요. 저는 이제 세비지를 떠나 홀로서기를 합니다. 정확히는 세상 홀로서기예요. 연예인이 아닌 일반인이자 학생으로 남은 인생을 살아가기로 했습니다. 이렇게 마음먹기까지 쉽지 않았…."

스크롤을 내리며 읽다가 윤서는 찔끔 눈물을 흘렸다. 이미 알고 있었던 이야기지만 이렇게 확인하니 실감이 났다. 그리고 무리 안으로 뚫고 들어가 한여름을 꼭 안아주며 말했다.

"수고했어."

한여름은 밝은 미소로 그에 답했고 아이들은 어느새 그

모습을 보며 고개를 주억거리고 있었다.

"오늘도 11시 콜?"

"응, 11시 콜."

"나 있잖아. 근데 이제 금요일에도 학원 다닌다."

"무슨 학원?"

"왁킹. 너가 데려갔던 그 스튜디오에서."

"나도 학원 다녀. 사탐 특강 들으러."

둘은 마주 보며 환하게 웃었다.

어린 나이에 찾아온 두 번째 기회. 새로운 인생의 시작이
었다.

아이돌이 되기 위해 태어났다

유이립

아이돌을 데뷔시키는 데 가장 큰 문제는 돈과 시간보다 사람이다. 데뷔가 코앞으로 다가왔는데, 배신자가 나왔다. 하경애 대표가 말했다.

"배신자!"

연습생 서용준을 보고 하는 소리였다. 서용준은 울프컷 헤어스타일에 목에 선정적인 레드 스카프를 두르고, 검은색 반팔 티와 찢어진 청바지를 입고 있었다.

서용준이 물었다.

"제가 왜 배신자예요?"

"네가 왜 배신자인지 몰라?"

"제가 왜 배신자인데요?"

사실 배신자인지 증명하는 것은 복잡한 문제였다. 하경

애 대표는 보이그룹 전문 WISH 레이블을 운영하고 있다. WISH 레이블은 대형기획사 BOSS엔터테인먼트의 투자로 세워진 자회사다.

WISH 레이블 내에 BOSS의 뒷배를 업고 낙하산으로 들어온 이사가 있었다. 자회사를 통제하기 위해 BOSS에서 보낸 감시자였다. 하경애 대표는 서용준이 자신을 버리고 낙하산 이사의 편에 섰다고 생각했다.

"대표님이 무슨 생각인지 알겠는데 그런 것 아니에요!"

그러나 서용준은 아니라고 잡아뗐다. 파벌 문제는 뚜렷한 증거가 없기에 잡아떼면 어찌할 방법이 없다. 하경애 대표는 팔짱을 꼈다. 서용준은 아니라고 하지만, 평소에 무슨 생각을 하는지 속내를 읽을 수 없었다.

"내가 무슨 생각인지 니가 어떻게 알아! 지금 너 때문에 회사가 협박받고 있어!"

"…그걸 누가 몰라요. 저도 해결하려고 노력 중이에요."

서용준은 데뷔가 확정됐는데, 밖에서 사고를 쳤다. 현재 그로 인해 회사가 협박받고 있었다. 서용준의 데뷔가 무산되면 회사는 손해를 입는다. 하경애 대표가 말했다.

"너 정말 이사 쫓아다니는 애들하고 안 붙어 다녔어?"

WISH 레이블 내에 하경애 대표를 따르는 연습생들과

BOSS의 뒷배를 가진 낙하산 이사를 따르는 연습생들로 파벌이 나뉘어 있었다.

"네, 그렇다니까요!"

서용준이 이번에도 아니라고 했지만, 이번에는 증거가 있었다. 하경애 대표는 레이블 건물 내의 CCTV를 확인했다. 서용준은 낙하산 이사를 따르는 연습생들과 접촉했다. 하경애 대표는 다 알고 있다는 미소를 지었다.

서용준은 자기한테 뭔가 불리한 것을 눈치챘는지 조용해졌다. 그런데 갑자기 서용준의 기운이 강해졌다. 마치 바람이 팽팽하게 들어간 풍선처럼 갑자기 몸이 커진 것 같고, 예민한 기운이 느껴졌다. 서용준은 가끔씩 기가 세지면서 주위 사람들을 불편하게 만들었다. 이 녀석 속으로 무슨 생각을 하는 건가? 서용준은 연습생들 사이에서 이기적이라는 소문이 퍼져있었다. 방금 전에도 뻔뻔하게 거짓말하는 것을 보면 분명 이기적인 녀석이다. 하경애 대표는 서용준을 믿을 수 없었다. 연습생들 사이에서 서용준은 이기적이고, 잘난 척한다고 미움받았다. 하경애 대표도 서용준을 좋아하지 않았다.

서용준은 보이그룹 전문 WISH 레이블에서 아이돌 데뷔를 준비 중인 연습생이다. WISH 소속이 된 지 벌써 1년, 그간 매번 월말평가에서 떨어졌는데, 이번에 간신히 월말평가에 붙어서 아이돌 데뷔조로 승격됐다. 앞으로 8개월 내로 데뷔할 예정이었다.

– 잠깐만 회사 앞 편의점에서 보자.

같은 그룹으로 데뷔하는 팀원이 서용준을 불러냈다. WISH 레이블 건물 앞 십자로 골목 한쪽에 편의점이 있다. 편의점 앞 파라솔은 레이블 건물에서 조금 내려가야 보인다. 팀원은 남자머리 기준으로는 약간 덥수룩하게 보이는 리프컷이었다. 리프컷은 여자가 하면 야무지고 날카로워 보이는 숏컷이지만, 남자 팀원이 하니 귀엽고 순해 보였다. 리프컷 팀원이 파라솔 앞에 맥주 두 캔과 과자 한 봉지를 찢어서 펼쳐놓고 있었다. 서용준이 손끝으로 자신의 울프컷 머리를 다듬으며 물었다.

"무슨 일이야?"

리프컷 팀원이 권했다.

"중요한 일이야. 일단 한잔해."

서용준은 자연스레 팀원 앞에 앉으며 자신 몫의 캔맥주를 들어서 마셨다. 서용준과 리프컷 팀원은 둘 다 미성년자다. 이 편의점은 미성년자 연습생들에게 민증을 확인하지 않고 술, 담배를 잘 파는 곳으로 유명했다.

리프컷 팀원이 말했다.

"우리 회사 노선이 바뀌고 있어서 WISH 브랜드가 하락하고 있어."

"우리 회사는 BOSS에 속해있으니까 안전한 거 아냐?"

"별빛뮤직 차트 봤어?"

리프컷 팀원이 폰을 켜서 별빛뮤직 차트를 보여줬다. 회사별로 음악을 모아서 들을 수 있는 카테고리가 있었다. 서용준이 속한 레이블은 잘 나가는 대형기획사 BOSS의 자회사이기 때문에 BOSS의 카테고리에 소속돼 있다. 리프컷 팀원이 설명했다.

"우리가 제일 하위권이야."

"먼저 데뷔한 선배들 방송출연 기회가 적었잖아."

"…그니까 우리 회사 노선이 변화하면서 브랜드 파워가 하락하니까 방송출연을 안 시켜주는 거야!"

얘가 왜 이렇게 강조할까? 서용준은 말없이 캔맥주를 마셨다.

"봐! 우리 회사가 정말 잘나가면 이렇게 술을 못 마셔. 예전에는 사생팬들이 진을 치고 있었잖아? 어느 순간에 확 사라졌어. 더 무서운 것은 우리도 사생팬들이 확 사라진 것에 대해 적응해버렸다는 거야. 예전에는 여기가 술, 담배 잘 뚫려도 사생팬들 때문에 새벽에만 몰래 왔는데… 지금은 이렇게 초저녁때 당당하게 오잖아. 우리 회사 지금 확실히 죽을 쑤고 있어."

보이그룹 레이블 앞에 사생팬이 없는 것은 말이 안 된다. 뭔가 심각하게 잘못되어 가고 있다는 징조였다. 정말 그러네. 서용준은 맥주를 한 모금 마셨다.

그룹에서 중간 보컬 미성을 담당하는 리프컷 팀원이 목소리를 낮춰 말하기 시작했다.

"지금 회사가 변화하면서 '우리'가 많이 힘들어지고 있어. 그런데 해결할 방법이 아주 없는 것은 아니야. 서용준 너도 같이 고민해줬으면 해. 그럼 '우리'가 잘 해낼 수 있는 방법이 떠오를 거야."

지금 회사가 변화하면서 '우리'가 많이 힘들다. 간접적으로 뭔가를 말하는 듯했다. 이게 무슨 말인가? 서용준은 무슨 말인지 한 번에 못 알아들었다. 서용준이 입을 열기 전, 리프컷 팀원이 빠르게 말했다.

"무슨 말인지 스스로 천천히 잘 생각해봐. 그런데 대답은 빨리 들려줬으면 해."

천천히 생각하지만, 대답은 빨리. 이상한 요구였다. 리프컷 팀원은 파라솔에서 일어나더니 골목을 꺾으며 멀어졌다. 서용준은 홀로 파라솔에 멍하니 앉아있었다. 뭔가 이상한 것이 느꼈다. 회사가 변화하면 왜 우리가 힘들다는 소리를 할까? 저 녀석 무슨 소리를 하는 거지?

일주일 뒤, 하경애 대표가 서용준이 소속된 데뷔조 팀을 연습실로 불러들였다. 하경애 대표는 여자 이름이지만 사실 중년 남성으로, 꽁지머리를 한 선글라스에 가죽점퍼를 입었다. 하경애 대표는 90년대와 2000년대 초반 히트곡 메이커였다. 감이 떨어지자 예능 패널로 나가서 예능 방송인이 되려 했지만, 노잼이어서 퇴출당했다. 예능 때 얼굴을 내보인 덕에 대형 기획사로부터 쉽게 투자를 받아서 WISH 레이블을 차렸지만, 아이돌 프로듀서로 신뢰를 받지 못하고 있었다. 왜냐하면 데뷔시킨 보이그룹의 성적이 좋지 못했기 때문이었다.

그 후로 마가 끼었는지, 투자를 받으면 데뷔시켜야 할 기간이 있는데 후속그룹의 데뷔가 계속 지연되고 있었다. 서용준이 알기로는 올해 8개월 내로 한 팀을 데뷔시켜야 했고, 그 팀이 바로 서용준이 소속된 팀이다.

한쪽 벽면이 유리 디스플레이로 된 연습실에서 하경애 대표가 팔짱을 끼고 있다. 하경애 대표 앞에 귀엽고 순해 보이는 리프컷, 앞머리에 웨이브 컬이 더 들어간 가르마컷, 흑발에 귀까지 내려오는 생머리, 핑크색으로 염색하고 쇼트파마, 각양각색의 헤어스타일을 가진 팀원들이 일렬로 있다. 아이돌 데뷔를 준비 중인 10대 남자애들이다.

서용준이 탈의실에서 뒤늦게 나와 다른 팀원들 옆에 붙어 섰다.

"지금부터 내가 하는 말 잘 들어. 너희들 데뷔 못한다."

"예?"

팀원들 모두가 얼빠진 표정을 지었다. 하경애 대표가 뭔가를 내밀었다. 가르마컷의 팀 리더가 한 발자국 앞으로 나아가 그것을 봤다. 그동안 서용준은 하경애 대표가 며칠 전에 투덜거린 말을 떠올렸다.

"진짜 짜증 나. 올해 대략 8개월 정도 남았고, 8개월 내로 무조건 한 팀 데뷔시켜야 해. 그래야 투자자들이 분기를 맞출 수 있다고 닦달해. 올해 내로 한 팀도 데뷔시키지 못하면 이사진들 시켜서 신임투표 할 거라고 협박하잖아"

신임투표에선 이사들이 모여 하경애 대표를 믿을 수 있는지 투표를 해서, 안 좋은 결과가 나올 경우 일개 프로듀서로 강등시키거나 퇴사를 요구할 수도 있다고 했다.

"이거 음악이 먼저야? 비즈니스가 먼저야? 지들 분기 맞춘다고 8개월 내로 뚝딱 만들라니…. 그 낙하산 이사님이나 협박하더라고."

하경애 대표가 이렇게 투덜거렸기에 우리 데뷔는 확정이라고 생각했는데….

가르마 컷의 리더가 문제가 있다는 얼굴로 서용준을 쳐다봤다. 서용준이 다가가서 뭔가를 봤다. A4용지에 사진이 인쇄돼 있었다. 일주일 전, 서용준이 편의점 앞에서 맥주를 마시는 사진이었다. 리프컷 팀원이 불러냈었을 때의 모습이었다.

하경애 대표가 말했다.

"너 민증도 안 나왔는데 술 먹었지? 벌써 사고 치냐?"

누군가 투서를 던졌다. 사진 밑에 고발하는 글이 있었다.

— 이 친구 데뷔시키지 마세요. 데뷔시키면 미성년자 음주사진 인터넷에 유포합니다.

요즘 시대에 이런 사진이 찍히고 데뷔하면 발목 잡힌다.

"야, 봐라! 얘 요앞 편의점에서 술 먹었다! 이런 사진이 날아왔는데 너희를 어떻게 데뷔를 시키냐?"

같은 데뷔조 팀원들의 얼굴이 사색이 됐다. 무슨 일인가 싶어서 다른 연습생들이 하나둘 다가왔다. 서용준 때문에 데뷔조 팀원들이 망하게 됐다. 다른 연습생들은 사정을 금세 파악했는지 얼굴이 환해졌다. 서용준이 따졌다.

"그 사진 어디서 났어요?"

하경애 대표는 대답하지 않고, 서용준을 벌레 보듯이 보더니 연습실을 나갔다.

서용준은 사진을 봤을 때 찍힌 각도를 기억했다. 편의점은 레이블 건물 근처다. 레이블 쪽에서 내려오면서 골목을 지나쳐야 편의점을 볼 수 있다. 바로 그 각도에서 사진이 찍혔다. 다행히 팀원이 먼저 일어난 뒤였기 때문에 자신 혼자만 찍혔다.

"쟤네 나가리 됐네용~."

서용준이 뒤돌아보니 다른 연습생들이 좋아하고 있었다. 지금 데뷔조가 취소되면 다른 연습생들이 데뷔조가 될 기회가 생긴다. 연습생들 사이에서 속삭이는 소리가 들려왔다.

"…저 녀석들 나가리되면… 다음은 내가….."

"잘됐어. 저 녀석들이 죽어야 내가 산다."

데뷔조를 향한 질투심과 경쟁심이 강렬했다. 서용준은 누가 협박한 범인인지 직감했다. 데뷔가 확정된 연습생을 협박해서 이득을 볼 수 있는 사람은 같은 연습생이다. 연습생 중 누군가가 우리 팀의 데뷔를 막으려고 사진을 찍었다.

서용준은 아이돌 연습생이 된 이후로 직접 만든 주문이 있었다. 말하는 대로 소원을 끌어당기며 이루어준다는 끌어당김의 주문이었다. 연습생 생활이 힘들 때마다 속으로 주문을 외웠다.

'나는 아이돌이 되기 위해 태어났다.'

어떻게든 팀을 살려서 데뷔해야 했다. 서용준은 연습실을 박차고 나와 하경애 대표의 사무실로 향했다.

서용준은 하경애 대표의 사무실로 들어갔다. 사무실 벽면 액자에 100억짜리 가짜 수표가 들어있다. 수표에는 "미래의 나 하경애에게."라는 문구가 있다.

하경애 대표는 옆으로 널찍하고 권위적으로 보이는 책상 위에 다리를 올려놓고 있었다. 서용준을 보더니 화를 냈다.

"뭐야?!"

"고작 그 따위 협박에 데뷔를 무산시켜요?"

"회사 근처에서 흡연하고 음주해도 상관없다. 너희들 발랑 까져서 노는 것 알고 있었어. 그런 끼가 있어야 아이돌 하지. 그런데! 이 나라는 아직도 선비들의 나라야. 노래와 춤 실력보다 도덕을 더 따져. 데뷔한 후에 터지면 이미지 반 토막 나고, 앨범 판매량은 나락 가는데, 네가 책임질래?"

"…."

"너 때문에 사고 터지면 그룹 나가리 되고, 나 일 못한다고 투자 철회되고, WISH 레이블과 BOSS 사이의 파트너 관계도 취소될지도 몰라. 안 그래도 올해 내로 한 팀도 데뷔 못 시키면… 이사회 시켜서 나 짜른다고 했어. 낙하산 이사 강민수 씨 알지? 그 양반이 내 자리 호시탐탐 노리고 있어. 콩나물 악보 하나도 못 그리는 양반이 레이블을 운영하겠대. 나 이렇게 별 거지 같은 억까 당하고 있어. 여기에 너까지 왜 그랬냐?"

"촬영 각도가 기획사에서 내려오는 방향이예요. 아마도…."

서용준이 설명했다. 우리 회사 소속 연습생이나 관계자가 찍었을 것이다.

"연습생을 협박해서 이득을 볼 수 있는 건 같은 연습생뿐이예요. 제가 범인을 잡아내서 협박하지 못하게 할게요. 그러니 예정대로 데뷔시켜주세요."

"잘못했다는 말이 먼저 아니냐? 너 진짜 소문대로 이기적이고 뻔뻔하다."

서용준은 깜짝 놀라서 입을 다물었다. 자신이 이기적이라는 소문은 어렴풋이 알고 있었지만, 이렇게 대놓고 직접 들은 적은 처음이었다. 속으로 주문을 외웠다.

'나는 아이돌이 되기 위해 태어났다.'

주문을 외워서 멘탈을 바로잡고는 다시 말했다.

"잘 생각해보세요. 우리 팀이 데뷔하면, 우리 팀과 대표님 둘 다 같이 살 수 있잖아요?"

하경애 대표가 말했다.

"끝까지 잘못했다고 안 하네? 역시 너는… 그래."

서용준이 소문대로 이기적이라는 뜻이었다. 서용준도 말하고 나서 아차! 했다. 먼저 잘못했다고 해야 하는데, 마음이 급해서 문제해결만 얘기했다. 잘못했다고 빌 타이밍을 놓쳤다. 이제라도 잘못했다고 할까? 싶었지만, 서용준은 대표의 표정에서 소문 그 이상을 읽어냈다. 자신을 싫어하는 티가 확 났다. 왜인지 모르지만, 평소에도 하경애 대표는 서용준을 싫어했다. 강민수 이사가 서용준을 이 레이블로 데려왔다. 그래서인가? 게다가 서용준 자신을 둘러싼 소문은 알고 있었지만, 하경애 대표가 대놓고 이기적이라고 말해서 상처를 받았기에 욱하는 성미가 발동했다. 용서를 빌고 싶지 않았다. 하경애 대표가 용서 빌기를 기대하는 얄미운 표정으로 쳐다봤지만, 서용준은 못 본 체하고 투서 사진에 대해서 물었다.

"투서 종이로 왔어요? 아니면 메일로 왔는데 대표님이 인쇄한 거예요?"

범인을 찾아내기 위한 탐문을 시작했지만, 하경애 대표는 고개를 차갑게 돌려서 서용준의 질문을 무시하곤 누군가에게 전화를 걸었다.

"야! 우리 회사에 트러블메이커가 있어서 나 길거리에 나앉게 됐다!"

서용준은 한참을 서서 대답을 기다렸지만, 하경애 대표는 누군가와 통화를 하며 화풀이를 할 뿐이었다. 서용준은 사무실 밖으로 나왔다.

복도로 나온 서용준은 생각을 정리했다. 일주일 전, 저녁 11시경에 편의점 앞에서 팀원하고 술을 먹었다. 대표가 보여준 사진에 자신 혼자만 찍혀 있었다. 나 때문에 팀이 망할 수도 있는 안 좋은 상황이다. 그래도 속으로 '나는 아이돌이 되기 위해 태어났다.'라고 주문을 외워서 멘탈을 단단히 굳혔다. 연습생 중 한 명이 복도를 지나가다가 서용준을 보고는 힐끗 쳐다보더니 눈에 힘을 주면서 노려봤다. 소문이 회사 전체에 퍼진 듯했다.

　이 회사에서 데뷔하려면 두 세력 중 한 쪽의 허락을 받아야 한다. 하경애 대표가 이끄는 음악PD들과 강민수 이사가 이끄는 기획PD 겸 이사진들.

　하경애 대표는 대형 기획사 겸 투자회사 BOSS에게 인정을 받기 위해서 올해 내로 한 팀을 데뷔시켜야 한다. 올해 남은 시간은 대략 8개월. 딱 한 팀 준비시키고 데뷔시킬만한 시간이다.

　서용준은 생각을 좁혀가기 시작했다. 오후 11시경에 레이블 건물에 누가 있었을까? 누가 편의점과 레이블 사이를 오갔을까? 복도에 게시된 일과표를 들여다봤다. 연습 및 일과 시간표를 보면서 계산해보니 하필 그 시간대 보컬 트레이닝이 있었다. 트레이너 스케줄 때문에 밤늦게 진행됐다. 혹은 팀을 짜서 컨셉을 연구하는 팀도 있었다. WISH 레이블 소속 연습생 40명 중 절반 이상이 그 시간대에 회사에 있었다. 용의자만 대략 20명이다.

　이 중에 1티어 데뷔조인 우리가 해산되면 누가 가장 이득을 보는가? 대체할 팀이 필요하다. 누구를 데뷔시켜야 하나? 당연히 준비된 데뷔조다. 2티어 다른 데뷔조 팀 연습생들. 이들은 용의자 20명 중에서 9명 정도다.

월말평가에서 통과하면 데뷔조로 승격한다. 데뷔조는 데뷔 예정일 뿐 아직 확정은 아니다. 그런데 시간은 흘러가고 하루하루 나이를 먹어가는데 언제 데뷔할지 모른다. 주민등록증 나오면 상품가치가 떨어지고, 20대가 되면 군대문제도 겹친다. 하루라도 빨리 데뷔해야 한다.

하경애 대표가 8개월 내로 아이돌을 데뷔시켜야 한다는 것은 레이블 내 모든 연습생들이 알고 있다. 현재 1티어 데뷔조 팀인 서용준의 팀이 사라지면, 후다닥 다음 데뷔조 팀을 바로 데뷔시킬 것이라는 기대가 있다. 이 기대를 믿고 일을 저질렀겠지.

서용준은 용의자를 정리했다. 첫 번째로 데뷔조 9명에 대한 알리바이를 탐색한다. 두 번째 9명 중 하경애 대표나 강민수 이사, 두 세력 중 한쪽에 줄이 있으면 확률적으로 범인일 가능성이 높다. 자신을 돌봐줄 믿는 구석이 있으니까 일을 저질렀을 것이다.

－애들아. 내가 누가 했는지 알아보고 있어. 너무 걱정하지 마.

서용준은 같은 데뷔조 팀원과 연락하는 채팅방에 메시지를 올렸다.

연습생들이 어디에 있을까? 연습실이었다. 그러나 연습실은 공적인 장소다.

사적으로는 어디에 몰려 있을까? 사람에 따라 갈렸다. WISH 레이블에서 데뷔하려면, 대표 라인이나 이사 라인의 지지가 있어야 한다.

서용준은 일명 낙하산 이사로 불리는 강민수 이사를 지지하는 이사 라인 연습생들을 찾아갔다. 오후 연습시간은 1부와 2부로 나누어 있는데, 점심시간 후 시작되는 1부 때 음주 협박을 확인했다. 2부가 시작되기 전, 휴식시간에 만나야 했다.

어디선가 전자음악 멜로디와 함께 쿵짝거리는 리듬이 들려왔다. 레이블 건물에서는 항상 어디선가 음악이 들려왔다. 건물 전체가 음악의 미궁 같았다.

이사 라인의 아지트는 연습생용 탕비실이었다.

"오! 서용준!"

이사 라인 연습생들이 좁은 탕비실의 싱크대 위에 걸터앉거나, 냉장고에 기대어 있다가 서용준을 반겼다. 이사 라인 연습생들의 머리 모양도 각양각색이었다. 쉐도우 펌, 애즈 펌, 갈색 히피 펌, 머메이드 레드였다.

연습생들은 댄스연습 때문에 늘 몸에서 소금기 있는 땀

냄새가 났다.

"회사가 이제 바뀌고 있잖아. 대표님 말에 신경 쓰지 마."

"이제 강민수 이사님이 회사를 장악하실 거야. 꺼지는 해보다는 떠오르는 해쪽에 붙어서 '다시' 데뷔조에 들어가면 되잖아?"

연습생에서 데뷔조로 승급하기는 어른들 고시시험보다도 힘들었다. 과연 '다시' 할 수 있을까? 연습생들이 위로했지만, 가식적이다. 얼굴은 웃고 있었다.

강민수 이사는 회사를 보이그룹 전문 레이블에서 남녀 통합 레이블로 바꾸려고 했다. 특히 '유행은 돌고 돈다.'라는 주장과 함께 현시대 감성을 넣어서 남녀 혼성 그룹을 만들려 했다. 강민수 이사는 투자자인 BOSS가 꽂아넣은 감시자이자 실세이고, 하경애 대표는 얼굴 마담이자 월급사장일 뿐이다.

이사 라인 연습생들은 강민수 이사가 하경애 대표에게서 회사를 뺏을 것이라 보고 있었다. 강민수 이사가 다른 곳에서 연습하던 서용준을 이 회사로 데리고 왔다. 얼핏 보기에 당연히 이사 편을 들어야 하지만…. 그런데 데뷔는 하경애 대표의 권한이다. 하경애 대표는 서용준을 내켜하지 않았으나, 서용준과 아이돌 취향이 같았기에 데뷔조에 넣었다. 그런데 서용준을 내쳐야 할 이유, 음주 협박이 생겼다. 하경애 대표는 협박당한 서용준을 보호해주지 않는다. 그러면 역시 강민수 이사에게 붙어야 하나?

연습생 중 갈색 히피펌이 말했다.

"강 이사님께서 아이돌 서바이벌 프로그램에 우리를 내보내려 하신대. 앨범 데뷔가 안 되면, TV 데뷔라도 할 수 있어. 거기서 잘되면 프로젝트 그룹으로 데뷔하는 거고."

애즈펌이 말했다.

"BOSS의 뒷배경이 있는 이사님이 우리를 서바이벌에 내보내는 데는 다 이유가 있을 것이야. 어쩌면 우승자가 미리 결정돼 있는지도 몰라. 그러면 우린 콩고물만 따먹으면 돼."

머메이드 레드가 말했다.

"이사님이 우리 레이블을 장악하면, 데뷔조를 다시 짤 거야. 그때는 대표님 픽으로 데뷔조에 들었던 게 후회될 걸?"

서용준이 생각하기에도 그러했다. 그러나 강민수 이사와 서용준의 아이돌 취향이 너무 다르다. 강민수 이사가 이 회사를 변화시킨다며 서용준을 데리고 왔지만, 서로 아이돌 취향이 다르다는 게 뒤늦게 밝혀져서 이야기를 안 한 지 너무 오래됐다. 아이돌 컨셉 취향이 다르다는 건 종교가 다른 수준이다.

하경애 대표는 사람은 싫어도 서용준이 지향하는 아이돌 컨셉, 취향과 잘 맞았다.

서용준이 말했다.

"나 혼자만의 일이 아니잖아. 같은 팀이 있어. 벌써 몇 개월째 동고동락했어."

거절했다. 그러자 걱정해주는 척했던 가식은 금세 무너졌다. 이사 라인 연습생들이 화를 냈다.

"야, 너 혼자 잘났다고 생각하지?"

"넌 정말 무슨 생각을 하는 건지 모르겠어."

"너는 가만히 있어도 튀어서 싫어!"

"사실 우리는 너를 좋아하지 않아."

10대 아이들답게 한 번 거절을 당하니까, 평소 쌓여있던 말들이 우르르 쏟아져 나왔다. 서용준은 자신을 이기적이라고 모함하는 소문을 알고 있었다. 그래도 이렇게나 미움받고 있었나? 하며 속으로 많이 놀랐다.

하지만, 다시 속으로 주문을 외웠다.

'나는 아이돌이 되기 위해 태어났다.'

스스로의 꿈을 다짐하며 멘탈을 바로 잡았다.

이사 라인 연습생들은 말없이 서용준을 노려봤다.

서용준이 말했다.

"혹시 일주일 전 11시경에….."

데뷔조 9명의 이름을 댔다.

"걔네들도 여기 같이 있었어?"

서용준은 방금 자신을 싫어하는 마음과 마주했기에 악의에 가득 차 있었다. 하지만 아이돌 연습생다운 생활연기 실력으로 얼굴에 티가 내지 않도록 했다. 오히려 그들을 향해 덫을 놓았다.

머메이드 레드가 말했다.

"너 걔네들 의심하고 있지? 걔네들 이미 다 우리 편이야."

유능한 인재들이 강민수 이사 쪽에 붙었다는 이야기였다. 그러면 범인의 조건에 해당된다. 갈색 히피펌이 말했다.

"걔네가 범인 같지? 그런데 걔네 중 4명은 같이 숙소생활하는데용~. 그리고…."

그런데 9명 애들 중 4명은 숙소에 일찍 돌아갔다. 나머지 5명은 기획사에서 임대한 다른 연습실에 가서 연습했다고 했다. 즉, 그 시간에 레이블 건물 근처에 없었다.

9명이 여기 파벌 장소에 같이 있었냐고 물었다. 정말 그 시간대 같이 있을 리 없었다. 이 질문의 의도는 그들이 너희와 같은 파벌이냐는 뜻이었다. 그들은 바로 반응했고, 같은 편이라는 답이 나왔다. 너희와 같은 편을 의심하자 바로 알리바이를 설명하며 옹호한 것으로 알 수 있다.

쉐도우펌이 왼손에 든 커피를 마시며 말했다.

"11시쯤에는 너희 데뷔조 팀 애들도 보컬 트레이닝 받았어. 왜 걔네들에게는 안 물어봐?"

낄낄거리는 웃음과 함께 일침을 놓는 밀투였다.

서용준은 냉랭하게 대답했다.

"데뷔조에 못 드는 만년 연습생인데 머리는 좋네. 충고 고마워."

연습생들의 얼굴이 앙칼지게 변하며 폭발하려는 순간에 서용준은 휙 돌아서 탕비실을 떠났다.

서용준은 복도에서 팀 단톡방에 메시지를 올렸다.

– 이름을 올릴 테니까 이 9명의 친구들 알리바이에 대해서 알아봐줬으면 해. 혹시 일주일 전, 오후 11시경에 이 친구들 우리 회사 근처에서 봤어?

서용준이 떠난 자리에선 이사 라인 연습생들이 쑥덕댔다.

"그런데 쟤 혼자 다니네."

"쟤 노리는 애들이 있어. 곧 위험해질 거야."

"아무것도 모르고 혼자 잘난 척하긴…."

휴식시간 때 이사 라인 연습생들을 찾아간 뒤로, 서용준은 2부 연습시간이 끝난 후 오후 6시엔 대표 라인 연습생들을 찾아갔다. 미성년자들이기에 여기서 연습시간을 끝내지만, 꿈을 미끼로 자정까지 연습하라는 분위기가 강요되기도 했다. 대표 라인 연습생들도 연습생용 탕비실에 모여 있었다. 다만 이쪽은 보컬 트레이닝 룸과 붙어있는 곳으로, 목에 좋은 음료를 넣어두는 거대한 냉장고가 있었다. 대표 라인 연습생들이 거대한 냉장고에 삐딱하게 기대 서있기도 하고, 라꾸라꾸라 불리는 야전침대에 반쯤 누워 있기도 했다.

"그러니까 그 솔로곡을 누구에게 주냐, 이게 제일 궁금한 거지."

"누구 연락 받은 사람 없어?"

"솔로는 데뷔조로 선정할 때부터 따로 챙겨주겠지."

회사를 변화시키려는 강민수 이사의 주도로 남녀 혼성그룹 외에도 솔로 프로젝트도 R&D 하고 있었다. 연습생들은 서용준을 봤지만, 알은체하지 않았다.

대표 라인 연습생들의 헤어스타일도 역시 각양각색이었다. 검은색 머리, 연한 핑크, 금발 같은 은발 베이비 펌, 밥 스타일이 있었다.

"강 이사님이 우리를 아이돌 서바이벌에 출연시키다며?"

"우리 회사는 BOSS의 식민지 같은 곳이야. 뭔가 꿍꿍이가 있어!"

"BOSS 직속 연습생만 뜨고, 나머지는 병풍이 되어 버리는 자리일지도 몰라."

연습생들은 아이들이지만, 업계가 공정하게 돌아가지 않는다는 것을 잘 알았다.

밥 스타일이 말했다.

"데뷔하고 싶다면 하경애 대표님을 믿어야 해!"

아이돌 앨범으로 데뷔해도 생존할 가능성이 낮지만, 그래도 당장의, 눈앞의 목표인 앨범 데뷔에 목을 매고 있다. 왜냐하면 힘 있는 사람들이 뭔가 수상하게 통제하는 아이돌 서바이벌 같은 프로그램보다 연습생에서 데뷔조로 승격하여 데뷔하는 과정이 공정하다고 생각하고 있었다.

베이비펌이 말했다.

"그런데 왜 왔어?"

서용준을 봐도 못 본 척 병풍처럼 세워두더니 이제야 알은체를 했다.

"너 염탐하러 왔지?"

서용준은 강민수 이사가 1년 전에 이 회사로 데리고 왔기 때문에 대표 라인 연습생들이 믿지 않았다. 이사 라인이라고 생각하는 것 같았다.

"아닌데?"

서용준은 아니라고 했지만.

"너 이기적이어서 너만 알잖아. 네가 위험하니까 바로 여기에 꼬리치러 온 거 아냐?"

"아냐."

"아니긴 뭐가 아니야? 야, 너 누구에게 이뻐 보이려고 손톱에 물을 들였어?"

"목에 스카프는 무슨 무늬야? 너 우리한테 끼 부리냐?"

"무슨 꿍꿍이가 있는 거 아냐?"

"넌 뭘 해도 튀어. 100명 중에 섞여도 튀고, 좋은 것도 나쁜 것도 제일 튀어. 너 여기 슬그머니 못 끼어~."

기를 꺾으려는 트집이었다.

"…"

서용준이 침묵하자 기가 꺾였다고 생각했는지 연습생들은 기분이 풀린 표정을 지었다. 서용준은 더는 자극하지 않으려고, 침착하게 속으로 숫자를 세다가 천천히 입을 열었다. 9명의 이름을 말하고는 물었다.

"일주일 전, 저녁 11시경에 내가 이름을 말했던 친구들이 여기 있었어?"

베이비 펌이 말했다.

"야! 너 왜 우리는 안 물어보냐? 우리는 무시하냐? 너희 팀이 사라지면 우리 내일 당장에라도 데뷔조에 들 수 있어!"

아까처럼 쉽지는 않았다. 대표 라인 연습생들은 서용준이 왜 물어보는지 눈치챈 것 같았다. 자신들은 아예 용의자, 데뷔조가 될 경쟁자라고 생각하지 않는 걸 알고 되레 화를 냈다. 연한 핑크색이 말했다.

"네가 말한 9명 모두 여기서 계속 춤 연습 했어."

이 말인즉, 아까 이사 라인 연습생들이 거짓말을 했다는 뜻이다. 9명의 용의자들은 이사 라인에 붙었기에, 그들을 감싸주려고 거짓말한 게 분명하다. 서용준은 자신이 연기로 정보를 빼냈다고 생각했는데, 오히려 이사 라인들이 연기로 서용준을 속였다. 연습생들 사이에서 경쟁심 때문에 라이벌을 속이는 것은 일상적인 일이다.

"걔네들 연습 끝나고 다 같이 나갈 때까지 자리를 벗어나지 않았는데? 걔네 밤 12시 돼서 택시 불러서 갔어."

서용준은 당황했다. 이러면 애매해지는데…. 이것도 거짓말인가?

밥 스타일이 말했다.

"아니야. 걔네 중 누군가가 연습 도중에 나갔어. 11시쯤? 편의점으로 간다고 했어. 근데… 네가 생각하는 그런 게 아닐지도 몰라."

이게 무슨 얘기일까? 베이비 펌이 말했다.

"직접 만나서 물어봐."

"전화번호를 몰라. 가르쳐줄 거야?"

알았으면 탐문하러 다니지도 않았다. 일주일 전 오후 11시경에 뭐 했는지 직접 물어봤을지도.

"우리도 걔네들 전화번호 몰라. 대신…."

대표 라인 연습생들이 전혀 다른 사람의 전화번호를 줬다. 서용준도 아는 사람이었다. 바로 아이돌 이적 브로커였다. 브로커 얘기가 나오자 검은색 머리는 흥미 없다는 표정을 지었다. 관심이 있나 보네. 서용준은 검은색 머리의 표정 연기를 꿰뚫어볼 수 있었다. 검은색 머리는 서용준과 시선을 마주치지 않으려 괜히 지갑에서 지폐를 꺼내 오른손으로 잡고 세기 시작했다. 연한 핑크색이 말했다.

"그런데 그 시간대 너희 팀원도 연습하고 있었는데, 너는 편의점에서 술 먹었어?"

서용준은 할 말이 없었다.

오후 8시. 공식적인 연습시간이 끝났지만, 연습생들은 신경 쓰지 않고 계속 자율적으로 연습했다. 성장기여서 일찍 잘 준비를 해야 하는데, 어린 몸이 혹사되는데 하는 이런 상식적인 걱정은 통하지 않았다. 오로지 꿈을 위해서다.

시용준은 문제가 됐던 그 편의점 파라솔에서 캔커피를 마시고 있었다. 브로커가 나타났다. 키는 180대, 얼굴도 아쉬울 것 없었지만, 옛 어른들의 "키 큰 놈은 싱겁다."라는 말이 딱 어울리는 인물이었다. 과거 연습생이었지만, 키가 크고 잘생겼기에 독하게 아이돌이 되려 하지 않았다. 서용준이 생각해보니 연습생 시절 스트레스 때문에 키가 못 큰 탓인지 이미 데뷔한 선배들이나 친구들이나 확실히 작은 애들이 독했다.

브로커는 연습생 시절에 여자 연습생들과 연애 문제를 일으켜 퇴출당했다. 그후로 연습생들을 빼내어 기획사 사이를 오가게 만드는 브로커로 활동했다. 배운 게 도둑질이라고, 20대 중후반에 이르렀지만 10대 연습생 유망주를 빼내어 이적시켜주고 회사에서 주는 얼마 안 되는 뽀찌를 받아서 살아가고 있었다. 간혹 연습생 낙오자나 집안 상황이 안 좋은 연습생들을 안 좋은 길로 인도하기도 했다. 30대가 코앞이지만, 10대 연습생들 없으면 살아갈 수 없는, 악어 이빨에 낀 고깃덩어리를 먹는 악어새 같은 인물이었다. 서용준이 입을 열었다.

"오랜만이네요. 문자로 설명했듯이 저 완전 망했어요. 일주일 전에 여기서…."

강민수 이사가 브로커를 통해 서용준과 접촉했기에 이미 안면이 있는 사이였다. 브로커가 말했다.

"그래. 내가 일주일 전에 이 일대에서 누구를 만난 건 사실이야. 그런데 누구가 아니야."

"네?"

"정확히는, 누구들이었어."

브로커가 이름을 천천히 불러주었다. 서용준이 생각했던 9명의 용의자 중에서 5명, 즉 한 팀 전체였다.

"네가 여기에서 술 마시고 있기에 우리는 다른 곳으로 자리를 옮겼어."

"…왜 저를 피했어요?"

"걔네는 다른 곳으로 이적하고 싶어 했거든. 너한테 걸리면 안 되니까 피했지."

그 다섯 모두가? 서용준은 깜짝 놀랐다. 한 팀 전체가 이적하려고 뒤에서 브로커를 만났다. 이사 라인은 자기네 편인 줄 알고 감싸주려 했지만, 정작 당사자들은 이적을 준비

중이었다. 대표 라인도 한 명이 자리를 비운 줄 알았지만, 5명이 따로따로 몰래 나타났다고 했다. 브로커가 설명했다.

"여기서 데뷔 확정 날짜 못 받으면 두 명은 신검 받고 군대 간대. 대학 들어가서 연기할 수도 있겠지만…. 대개 연습생들은 어른이 되면 상품가치가 떨어지지. 그래서 다른 데 가고 싶어서 날 보러 왔지. 그런데 걔네 양산형이야. 외모도 구리고 매력도 없어. 뻔해서 이적시켜줄 수가 없어. 그러나 계약서는 봐줬지."

데뷔조로 올라가면서 계약서를 쓰는데, 중간에 관둘 경우 배상해야 하는 금액이 있다. 그러나 계약서에 허점이 있거나 계약서대로 회사가 해주지 못하는 게 있다. 그럴 때 아이돌 연습 시스템을 잘 알고 있는 브로커가 싼값에 법률조언을 해주거나 트집거리를 찾아주는 것이다. 변호사가 아닌 사람이 대가를 받고 법률조언해주는 것은 변호사법 위반이다. 그리고 10대들은 브로커의 조언이 맞는지 틀린지 모른다. 브로커는 그렇게 미숙한 10대들 사이를 떠돌며 악어새처럼 살아갔다.

브로커가 말했다.

"지금 너희 회사 브랜드 가치가 하락하고 있어. 그냥 연습생이 아니라 데뷔조인데도 탈주하고 싶은 거지. 너도 생각 있으면 계약서 봐줄까?"

"걔네 중 한 명만 나를 찍었어도…. 정말 나를 찍지 않은
거예요?"

"안 찍었어. 너 너무 예민한 거 아니야? 오히려 자기들이
나랑 만난 걸 들킬까봐 벌벌 떨고 있어. 걔네도 바보같이 회
사 근처에서 만나자고 하다니 정말 철 없는 애들이지."

"요즘 세상에 미성년자 시절 흡연, 음주 의혹만 있어도
나락 가는데…. 술 먹는 걸 사진 찍혔어요. 나락이 코앞이니
까 예민한 게 당연하죠."

"야! 아이돌이 네 팔자가 아닐지도 몰라. 나를 봐. 아이돌
이 아니어도 잘살잖아? 너 아르바이트라도 해볼래?"

브로커는 연습생 낙오자들에게 안 좋은 일을 권유한다고
했는데…. 기분이 나빠진 서용준은 속으로 주문을 외우기
시작했다.

'난 아이돌이 되기 위해 태어났다.'

갑자기 브로커가 정색을 하더니 서용준을 빤히 들여다봤
다. 서용준이 말했다.

"왜요?"

"서용준, 너 연애라도 하면 고쳐지지 않을까?"

"뭘 고쳐요?"

"너 삐딱한 거."

브로커가 말을 마치고 웃음으로 넘기려 했지만, 서용준은 자신이 남들에게 비호감으로 보인다는 것을 분명하게 알게 됐다. 이기적이라는 소문에는 근거가 있었나보다.

서용준이 레이블로 돌아간 후, 브로커는 담배를 한 대 피웠다. 사실 브로커는 누가 사진을 찍었는지 알고 있었다. 일주일 전 오후 11시쯤에, 누군가 편의점 주위 전봇대에 숨어서 서용준을 찍고 있었다. 다 알고 있기에 말을 못했다.

서용준이 브로커와 대화하고 있었을 때, 하경애 대표는 사무실을 나와서 계단으로 향했다. 대표니까 사무실에서 담배를 피워도 된다. 그러나 계단까지 나오는 이유는 연습생들이 계단에서 몰래 숨어서 담배를 피우는 걸 알고 있기 때문이었다. 하경애 대표는 위에서 내려다보며 계단 틈새로 누가 담배를 피우는지 주목했다.

문제는 연습생들도 하경애 대표가 자신들을 감시한다는 걸 알고 있었다. 술 먹고, 담배를 피우고, 애인을 불러서 동거하는 것도 이미 다 들켰다. 그리고….

"야. 서용준이도 이번 주 금요일날 치킨집에 온대?"

"개 원래 강민수 이사님 라인이잖아. 당연히 와야지."

"서용준도 오고 싶어 했어. 탕비실까지 찾아와서 데려가 달라고 했어."

이사 라인 연습생들이 왁자지껄 떠들었다.

강민수라는 이름은 남자이름 같지만, 강 이사는 30대 여성이다. 강 이사는 한 달에 한 번 자신을 따르는 연습생, 작곡가, PD 들을 모아놓고 치킨파티를 했다. 이사 라인 연습생들은 하경애 대표가 내려다보는 걸 알고 있었다. 그래서 서용준도 이사 라인에 붙은 것처럼 생활연기를 했다.

"대표님은 우리랑 세대가 다르잖아. 음악 센스가 구려~. 그런데 이사님은 우리와 별 차이 안 나잖아. 우리가 누구에게 기를 받아야겠어?"

하경애 대표는 말없이 담배만 피웠다. 담배를 다 피운 후, 1층 경비실로 내려가서 CCTV를 살폈다. 아이돌 회사는 아무리 규모가 작은 곳이라고 해도, 만약의 사태를 방지하기 위해서 모든 장소에 CCTV를 설치해놓았다. 이사 라인 탕비실쪽 CCTV를 되돌려보니 화면에 립글로스를 주고받는 머메이드 레드와 갈색 히피펌 연습생이 보였다. 잠시 후 서용준이 떠오르더니 심각한 표정으로 대화를 시작했다.

서용준은 브로커와 헤어진 후, 이제 집으로 돌아가려 했다. 오늘 있었던 일을 팀원들과 공유하려고, 스마트폰으로 팀원 채팅방에 접속했는데… 뭔가 이상한 기분이 들었다. 그리고 갑자기 문자가 왔다.

– 나 대표다. 서용준 니 회사로 돌아와라. 나 사무실에서 너 내려다보고 있다. 도망칠 생각 마라.

"왜?!"

서용준이 고개를 올려다보니 레이블 건물 고층 사무실 창문에서 하경애 대표가 얼굴을 내밀고 있었다. 독이 바싹 오른 표정이었다.

"배신자!"

서용준이 사무실로 들어오자마자 하경애 대표가 말했다. 하 대표는 서용준 때문에 회사가 협박받고 있다고 불평을 쏟아냈다. 가만히 듣고만 있던 서용준도 더 참지 못하고 자기 불만을 얘기하려 했다. 하경애 대표는 서용준의 대답이 기분 나빴기에 야비하게 후벼팠다.

"왜 너는 월말평가에서 자주 떨어졌을까?"

서용준은 잠시 생각하다가 대답했다.

"노래는 되지만, 춤이 미달이어서?"

"아니야. 너는 통제가 안 돼. 좀 평범하면 안 되냐? 난 통제가 안 되면 싫다."

아이돌에게 평범을 요구했다.

"대표님. 그럼 제가 평가에서 떨어진 것은 대표님의 그냥 변덕이었어요?"

"그냥은 무슨…. 넌 속으로 무슨 생각을 하는지 모르겠어. 그게 마음에 안 들어."

서용준은 자신이 미움을 받는 걸 이해했다. 그럼에도 반발했다.

"그러면 왜 나가라고 하지 않아요?!"

"넌 계륵이야. 잘할 때는 제일 잘하는데, 못할 때는 제일 못해. 아이돌 끼만 말하는 게 아니야. 너 생활태도도 그래. 팀에서 포지션 잘 수행하는 것 같지만, 혼자만 생각하는 것 같아. 이기적이고, 잘난 체하는 것 같아 보여서 미워. 버리긴 애매하고, 삐딱해 보여서 같이 가기도 불안하고…."

하경애 대표는 변명이 옹색하다고 생각했는지 되레 화를 냈다.

"너는 애교가 없어! 아이돌은 애교가 있어야 해. 심지어 나쁜 짓을 했더라도 사랑받을 애교가 있어야 한다고! 자연스럽게 어디서든 환영받을 애교가 있어야 하는 거야. 그런데 넌 없어. 강민수 이사한테 붙어도 나 이상으로 널 챙겨주지 않을 거야. 그나마 데리고 있어주는 나한테 고마워해야 해!"

하경애 대표는 서용준이 이사 라인과 함께 있는 걸 봤다고 거침없이 싸댔다. 서용준은 자신을 돌아봤나. 이사 라인과 대표 라인을 오가는 사이, 연습생들이 달려들어서 물어 뜯었다. '난 매력, 애교가 있는가?' 갑자기 이사 라인과 대표 라인 중에서 누군가를 떠올렸다. 자신은 그에 비해 없는 것 같았다. 그래도 서용준은 아이돌로 데뷔해야 한다. 마음이 약해지지 않게 속으로 주문을 외웠다. '아이돌이 되기 위해 태어났다.' 하경애 대표가 말했다.

"너는 배신자야. 두고 보자. 절대 성공 못하게 네 앞날을 막을 거다."

"제가 왜 배신자예요?"

"너 그 낙하산에게 붙었지?"

"아니라니까요!"

"너 애들 파벌 갈라진 것 알지? 이사 라인 애들과 만났어? 안 만났어?"

"…안 만났어요."

서용준은 대표가 오해할까봐 거짓말 했지만, 하경애 대

표가 폰을 들이밀었다. 폰 화면에 CCTV화면이 캡쳐 돼있었다. 서용준의 모습도 찍혀 있었다.

"이래도 안 만났어?"

"…만났어요. 하지만 협박한 범인을 잡기 위해서였어요."

"거짓말!"

서용준이 욱하는 성미로 빈정거렸다.

"이렇게 저를 미워하는 것 보니까 음주사진 안 찍혀도 데뷔 못 했겠네요."

"넌 데뷔해도 문제야!"

무슨 소리일까? 서용준은 한 순간에 직관력을 발휘했다. 폰을 열어서 데뷔조 팀원 채팅방을 봤다. 아까 뭔가 이상한 걸 감지했다. 왜인지는 대표가 부르는 바람에 물어보지 못했는데…. 이제야 알 것 같았다. 팀이 데뷔 못 할지도 모르는 비상상황인데, 채팅방에 대화가 없었다. 서용준 혼자만 단서와 범인을 찾는다고 말하고 있었다. 나머지 팀원들은 대답도 하지 않았다. 왜냐하면….

"그럴 리가… 정말 저희 팀원들이예요?"

같은 데뷔조 팀원들도 그 시간에 레이블에서 연습 중이었다고 들었는데…. 서용준은 이제야 사진을 찍은 범인이 누구인지 알게 됐다. 이사 라인, 대표 라인도 자신을 싫어하는데 같은 팀조차도 자신을 싫어한다.

편의점에서 팀원과 술을 마시며 했던 대화가 떠올랐다.

"지금 회사가 변화하면서 '우리'가 많이 힘들어지고 있어. 그런데 해결할 방법이 아주 없는 것은 아니야. 서용준 너두 같이 고민해줬으면 해. 그럼 '우리'가 잘 해낼 수 있는 방법이 떠오를 거야."

그때의 '우리'는 팀을 의미한다. 그렇다면 잘 해낼 수 있는 방법은?

"너도 같이 고민해줬으면 해."

바로 서용준에게 팀에서 나가달라는 뜻이었다. 그런데 서용준이 이해를 못 하고 일주일 내내 답을 하지 않자, 투서를 던진 것이다.

"이제 알았냐?"

하경애 대표가 말했다. 하경애 대표는 자신에게 투서를 보낸 이메일이 가명 계정이어서 누구인지 알 수 없었다. 그러나 데뷔조 팀원 전체에게 데뷔 보류를 통보하자, 서용준의 팀원들이 진실을 밝히며 용서를 빌었다.

"대표님도 서용준 싫어하시잖아요?"

목적은 단 하나였다. 서용준만 팀에서 내보낸다.

하경애 대표 입장에서 생각해봤을 때 서용준의 데뷔 팀은 열심히 하는 놈들이기는 했지만, 뭔가 부족했다. 흔히 말하는 될 놈들이 아니었다. 서용준의 음주를 핑계 삼아서 브레이크를 걸 수 있어서 다행이었다.

강민수 대표의 비전대로 회사 방향을 아이돌 오디션 서바이벌 프로그램으로 선회했다. 모든 연습생들을 앨범 데뷔시키면 예산 부담이 컸다. 앨범 데뷔를 믿는 대표 라인 연습생들은 모두 배신당했다. 그렇다고 이사 라인이 승리하는 게 아니었다. 강민수 이사는 겉으로는 연습생들과 치킨파티도 하고 알뜰살뜰 챙기는 척했지만, 사실 연습생들 대부분을 내보낼 생각이었다.

브로커가 회사 근처에 나타난 이유는 데뷔조 팀이 계약서를 봐달라고 요청한 탓도 있지만, 강민수 이사의 밀명으로 새로운 연습생들을 데려올 생각이었다.

강민수 이사는 트렌드는 돌고 돈다고 주장했다. 혼성그룹이나 솔로 붐이 다시 올 거라고 했다. BOSS에서는 이 레이블을 통해 진짜 트렌드는 돌고 도는지 먼저 테스트할 생각이었다. BOSS에서는 강민수 이사에게 연습생들 수준이 낮다며 대폭 물갈이 하라고 지시했다.

그러면 강민수 이사가 레이블을 장악하게 되는 건가? 아니다. 강민수 이사의 목표는 이곳에서 아이돌을 성공시킨 후 BOSS로 이직하는 게 목표였다.

하경애 대표는 강민수 이사와 거래를 했다. 하경애 대표가 원하는 아이돌은 데뷔 못 시키지만, 강민수 이사에게 잠시 주도권을 양보해주면 부자는 계속 받을 수 있게 해주겠다고 했다.

그러면 이사 라인, 대표 라인으로 나누어진 연습생들의 대립은 사실 아무 의미 없게 된다. 아니, 그래도 의미는 있었다. 하경애 대표는 자존심이 매우 상했다. 왜냐하면 서용준이 사람은 싫어도, 아이돌 컨셉 취향은 같았기에….

하경애 대표가 서용준에게 말했다.

"너희는 처음부터 내 아이돌이 아니야! BOSS 입맛에 맞게 만들었어! 특히 너 서용준! 마음에 안 들어도 나와 아이돌 취향이 맞아서 뽑아줬는데! 바로 강민수 이사에게 쪼르르 달려가? 콩나물 악보 하나 못 그리는 양반이 음악을 할 수 있을 것 같아? 두고 보자, 이 배신자!"

하경애 대표는 어디서 무슨 소리를 들었는지 모르지만, 서용준 자신을 배신자라고 생각했다. 서용준은 속으로 주문을 외웠다.

'나는 아이돌이 되기 위해 태어났다.'

하경애 대표가 팔짱을 끼고 서용준을 노려봤다.

"넌 사람이 겉으로는 이기적으로 보이고 속으로 무슨 생각인지 알 수 없어서, 신용이 없고 의리도 없어. 그러니까 같은 팀이 배신하지."

같은 팀원에게 배신당했다. 서용준은 힘들 때마다 소원을 이루어준다는 끌어당김의 주문을 외웠지만, '나는 배신당할 만큼 밉상인가?' 하는 생각에 멘탈이 쉽게 회복되지 않았다. 그래도 연습생으로서 궁금한 게 있었다. 서용준이 말했다.

"올해 내로 데뷔시키지 않으면⋯ 대표님 위험하다고⋯."

"강민수 이사가 BOSS의 기획안을 받아서 솔로 프로젝트를 진행 중이야. 솔로 데뷔는 데뷔 아니냐? 그리고 지금 네가 내 걱정 할 때야?"

"그 친구죠?"

서용준이 연습생의 이름을 말했다. 쉐도우펌, 검은색 머리, 그리고 왼손잡이.

"어떻게 알았냐?"

"저 같아도 그 친구에게 솔로 기회를 줬을 거예요. 모두에게 사랑받잖아요. 그리고 그 친구 외모가 쉐도우펌인 게

딱 대표님과 제 취향의 아이돌이잖아요."

강민수 이사가 솔로 프로젝트를 진행하지만, 외모는 하경애 대표의 취향이다. 서용준이 언급한 그 친구는, 검은색 헤어컬러에 쉐도우펌 스타일로, 이사 라인 연습생들과 같이 있었고, 대표 라인 연습생들하고도 같이 있었다. 이사 라인 연습생들하고 있었을 때는 왼손으로 커피를 마셨고, 대표 라인 연습생들하고 있을 때는 서용준과 눈을 마주치지 않으려 오른손으로 지폐를 잡고는 왼손으로 세기 시작했다.

서용준 자신은 월말평가에서 계속 떨어졌다. 그냥 미움받아서. 그러면 아이돌에게 가장 중요한 것은 실력이 아니라 매력과 애교다. 이사 라인이든 대표 라인이든 누구에게라도 사랑받는 사람. 이게 아이돌이 될 수 있는 가장 중요한 재능이었다. 압도적인 매력을 가진 연습생에게 솔로 기회를 주는 게 당연했다.

솔로 데뷔 예정자는 강민수 이사의 픽을 받아 진행되지만, 하경애 대표의 취향이기도 해서 견제받지 않는다. 서용준과는 달리 이사 라인, 대표 라인 모두에게 사랑받는 사람.

"그 친구가 부럽네요. 저는 그룹 망했으니…. 퇴장할게요."

서용준은 나가다가 마지막으로 물어봤다.

"혹시나 그 친구가 술을 먹거나 담배를 피운 사진이 찍혀도 데뷔시킬 거죠?"

"응. 그래."

역시 서용준은 그냥 미워서 떨어졌다. 아이돌의 기본 조건. 모두에게 사랑받아야 한다. 팀원들도 자신을 싫어한다. 서용준은 아이돌이 될 수 없었다.

오후 9시. 아이돌 지망생들의 연습에 열정과 속력이 붙는 시간대였다. 사무실에서 나오자마자 서용준의 폰이 울렸다. 대표 라인 연습생 중 한 명이었다.

"여보세요."

"서용준. 너 이사 라인에 붙었다며?"

"무슨 소리야?"

서용준은 정말 무슨 소리인지 몰랐다. 하지만 서용준이 강 이사에게 붙었다는 이사 라인 연습생들의 말이 회사 곳곳에 퍼지고 있었다.

"서용준 너! 우리는 더는 친구가 아니야. 그동안 아니꼬워도 데뷔조라서 대우해줬는데, 앞으로 네 얼굴 보면서 우리가 웃을 일 기대하지 마라!"

"무슨 소리냐니까?"

"너 강 이사님 쪽에 붙었다며? 소문 다 났어!"

무슨 소문인지 설명을 들었다. 서용준이 아니라고 했지만 통화는 뚝 끊겼다.

서용준이 이사 라인 연습생 중 한 명에게 문자를 보냈다.

– 너희들 나한테 왜 그런 거야? 거짓말이잖아?

– 미안한데. 충격요법이야. 너 우리 쪽에 붙지 않으면 갈데 없어! 오늘 내로 결정해. 오늘이 겨우 3시간 남은 것 알지? 그래도 네가 재능이 있으니까 이런 제의를 하는 거야. 너 나중에 우리한테 고마워할 거야.

서용준은 오늘내로 이사 라인에 붙을 것인지 결정해야했다. 말도 안 되는 억지였다. 서용준은 주문을 외웠다.

'나는 아이돌이 되기 위해 태어났다.'

목표를 분명히 하자 멘탈이 바로 잡히며 중요한 목표가 떠올랐다. 정말 팀원들이 자신을 배신했을까? 직접 듣고 싶었다. 팀원들에게 통화를 걸었지만, 모두 받지 않았다.

단톡방에 톡을 올렸다.

– 나 진실을 듣고 싶어. 지금 당장 팀원 전부와 만나고 싶어.

서용준이 메시지를 보내며 걸어가는 와중에 대표 라인 연습생 중 한 명이 스쳐지나갔다. 애즈펌이 말했다.

"아직도 찾아 다니냐?"

"아니, 이제는 누군지 알아."

"너 빼고 다 알고 있었어. 솔직히 말하자면 너 끼면 이상해. 네가 없어야 걔들이 살아."

서용준이 뭐라고 하기 전, 애즈펌이 재빨리 멀어졌다. 복도에서 꺾이는 지점이 이사 라인 탕비실 부근이었다. 이사 라인 연습생 중 한 명이 서용준을 알아보고는 탕비실 밖으로 고개를 내밀었다. 밥 스타일이 즐거운 목소리로 말을 걸었다.

"야! 아직도 찾아다녀?"

"너희도 알고 있었어? 내가 뭘 어쨌다고 날 이렇게 따돌려?"

밥 스타일이 침묵했다가 말했다.

"…연습생이 같은 연습생을 왜 싫어하겠어? 너는 진짜로 아이돌이 될 것 같아 보인단 말이야."

연습생들은 안다. 누가 되고 누가 안 될지. 열심히 해도 되는 사람은 되고, 안 되는 사람은 되는 사람을 미워한다.

"너 혼자만 아는 특별한 비법이 있어보여서 미웠어. 그런데 이제는 나가리가 됐네용~."

밥 스타일은 탕비실 안으로 사라졌다. 서용준이 욱해서

쫓아가려 했는데, 갑자기 팀원들이 메시지를 보냈다.

– 만나서 얘기하자. 지금 당장 우리가 자주 가는 당구장으로 와.

당구장? 서용준은 뭔가 위험하다는 것을 직감했다. 자신의 팀원들이 어떤 사람들인지 알고 있었다. 아무래도 함정 같았다. 그래도 진실을 알기 위해서는 가야 했다.

– 알았어. 지금 그리로 간다.

1층으로 내려온 서용준이 현관문을 열고 밖으로 나가려 했다.

"야! 오늘 내로 결정하라고 했지? 어느 편에 붙을 거야?"

이사 라인 연습생들이 야식거리를 사러 나갔다 오는지 컵라면을 들고 현관을 밀며 들어왔다.

이쪽 편에 붙을 수 있다. 지금 함정으로 향하니 도와달라고 할 수 있다. 그러나 서용준은 못 들은 척하며 현관 밖으로 나갔다.

"인생 혼자 살아?! 같이 가자니까 왜 저래?"

"저러니까 이기적이라는 소릴 듣지!"

이사 라인 연습생들이 서용준의 등에 대고 소리쳤다.

레이블 근처 당구장은 서용준의 팀원들이 몰래 모여서

노는 장소인데, 팀 리더의 삼촌이 운영하신다. 오늘은 웬일인지 셔터가 반쯤 내려가 있었다. 서용준은 자기 팀원들이 어떤 사람들인지 잘 알고 있었다. 과거, 월말평가 때 팀을 비웃은 연습생을 자신처럼 당구장으로 불러내고는 셔터를 내리고 단체로 두들겨 팼다. 셔터가 반쯤 내려가 있는 것은 그 일이 반복된다는 위험한 신호였다. 그럼에도 서용준은 셔터 밑을 통과해 당구장 안으로 들어갔다. 당구장 안에는 당구대와 벽면에 붙은 여성 누드 달력, 서랍장 위에 올려진 낡은 TV… 그러나 사람이 없었다.

"야!"

갑자기 누군가가 뒤에서 나타나 서용준의 등을 밀었다. 서용준이 돌아서자마자 그가 말했다.

"야, 너 나가줘."

서용준은 누가 자신을 밀었는지 보게 됐다. 그때 자신에게 술을 먹인 리프컷 팀원이었다.

"진짜 너하고, 우리 팀이 나한테 일부러 술을 먹인 거야? 협박해서 쫓아내려고?"

"너 꺼지라고! 넌 늘 팀에서 겉돌았어. 게다가 대표님이 너를 싫어하니까 우리 데뷔도 막히잖아!"

"정말 그게 우리 팀의 의견이야? 그래서 나를 버린 거야?"

"이 레이블 연습생 모두가 너를 싫어해. 알고 있어? 왜 같은 팀은 너를 좋아할 거라 생각해?"

서용준은 속으로 '나는 아이돌이 되기 위해 태어났다.' 주문을 외웠다. 멘탈을 바로잡고 반박했다.

"내가 뭘 어쨌다고?"

"넌 존재감이 너무 강해서 불편해. 속으로 혼자만 특별하다는 주문을 외우는 것 같대. 그래서 속으로 우리를 무시하는 것 아니냐고! 이기적이고, 잘난 체한다고!"

그간 연습생들은 하나같이 서용준을 보고 "속으로 무슨 생각이냐?" "이기적이다!" "우리를 무시하냐?" "무슨 생각인지 알 수 없어서 재수 없다."라고 했다. 서용준이 속으로 주문을 외울 때마다 그들은 뭔가를 감지하고 말없이 노려봤던 것이다.

서용준이 스스로에게 '아이돌이 되기 위해 태어났다.'라는 주문을 걸때마다 태도와 기운에서 티가 났다. 스스로를 특별하게 여기니까 주위에서 질투, 미움, 비호감으로 보는 게 당연했다. 남들 눈에는 정말 아이돌이 될 것 같아 보이면서도, 이기적이고 잘난 척하는 것으로 보였다.

서용준은 속으로 자신은 특별하다는 주문을 외웠기에 할 말이 없었다. 리프컷 팀원은 자신의 지적이 맞다는 것을 눈치 채고는 계속 쏘아댔다.

"야! 세상 너 혼자 살아? 네가 그렇게 잘났어?!"

리프킷 팀원이 계속 원망을 쏟아냈다.

"그리고 넌 잘하는 것도 제일 튀고, 못하는 것도 제일 튀어. 네가 잘하면 모두가 잘하는 게 되고, 네가 못하면 모두가 못하는 게 돼. 네가 우리와 함께 있으면 우리가 빛을 잃어!"

리프킷 팀원이 서용준을 툭툭 치며 싸움을 유도했다. 하지만 서용준은 이에 응하지 않았다. 서용준이 싸움에 응하지 않자, 리프킷 팀원이 뼈대가 굵어서 우악스러운 남자의 손으로 서용준의 따귀를 올려붙였다.

"야! 얼굴은 때리지 마!"

갑자기 다른 팀원들이 구석 화장실에서 우르르 나오더니 싸움을 말렸다. 서용준이 말했다.

"너희들 내가 그렇게 싫어? 때려서 내쫓을 정도로 내가 밉상이야?"

가르마컷의 팀 리더가 서용준과 리프킷 팀원을 떼어놓고는 말했다

"그렇게 보는 사람도 있지만, 너도 우리 팀이야."

가르마컷의 팀 리더 옆의 생머리의 팀원이 말했다.

"맞아. 같은 팀인데 너를 그렇게까지 싫어하겠냐?"

방금은 싫어서 나가라고 했는데, 리더는 아니라고 하니 서용준은 어리둥절했다. 싫어서가 아니라면 그럼 왜 내쫓는 거지? 가르마컷의 리더가 차근차근 설명해줬다.

"우리 중 네가 가장 아이돌이 될 것 같아. 팀에 아이돌이 될 것 같은 연습생이 있으면 유리하지. 그런데 우리 중 네가 가장 빛나지만, 너 잘하는 것도 튀고, 못하는 것도 가장 튀어. 그런데 너 사람 됨됨이도 네 캐릭터와 똑같아. 가장 튀어서 이기적으로 보일 때가 있는가 하면 우리 중 제일 불안해 보일 때도 있어. 네가 잘하면 모두가 저절로 잘하게 되고, 네가 못하면 모두가 못하게 돼. 그런데 우리는 너에게 끌려서 우리 운명을 맡기고 싶지 않아."

여기까지는 이해가 되는 이야기였다. 팀원들이 연이어 말했다.

"…그리고 네가 끼면 우리가 너무 이상해진다고 생각해."

"아이돌은 멋이 생명인데, 네가 끼면 멋이 없어져."

"우리는 이사 라인이 아니야."

"우리는 변화를 원치 않아. 우리 미래를 위해 네가 나가 줘야 해."

그런데 팀원들이 앞뒤를 알 수 없는 이상한 얘기를 늘어놓았다. 그러나 서용준은 다 알아들었다. 그리고 이해했다. 안 좋은 상황이 오면 습관적으로 주문을 외웠지만, 이번에는 그럴 수 없었다.

다음 날 서용준은 레이블 연습실에 나가지 않았다. 그다음 날에도, 그다음 주에도, 다음 달에도 가지 않았다. 시간이 흘러갔다. 서용준의 폰으로 문자가 왔다.

— 데뷔조 계약 그냥 풀어주마. 너 돈 안 물어줘도 된다.

하경애 대표였다. 서용준은 힘든 일이 생기면 습관처럼 외우던 주문, '나는 아이돌이 되기 위해 태어났다.'라고 외우다가 관뒀다. 이제 아이돌이 될 수 없다. 포기하자.

그다음 날 갑자기 경찰서에서 전화가 왔다.

"학생이 서용준이야? 아이돌 연습생이라며?"

서용준은 경찰에게서 경찰서로 출두해서 조사에 협조해달라는 연락을 받았다.

무슨 일일까? 서용준은 옛날 팀원에게 메시지를 보냈다.

— 칼로 찔렀다는 게 대체 무슨 소리야?

옛 팀원들이 대표에게 가서 이제 서용준이 사라졌으니

데뷔시켜 달라고 빌었지만, 퇴짜를 맞았다. 그러다 숙소에서 자기들끼리 술을 마시며 대표를 욕하다 말싸움이 붙어 옥신각신하다 결국 일이 커졌다. 누군가가 안주를 깎던 과도를 집어 들었다. 그걸 본 다른 누구는 찌르라며 도발했다.

"야, 찔러봐!"

문제는 진짜 찔렀다는 것이다. 모두들 정신을 번쩍 차리고 응급차를 불렀다.

문제는 칼로 찌르면 형사사건이 되어 버린다. 당사자들끼리 홧김이었고 나중에 화해했다고 해도, 경찰이 조사하고 처벌해야 했다.

팀 리더에게서 전화가 왔다.

"평소에 팀 사이가 어땠는지 알아보려고 너한테까지 전화를 건 걸 거야. 제발 부탁할게. 우리는 장난치다가 사고가 난 거라고 했거든? 너도 우리 사이가 좋았다고 말해줘."

서용준은 대답하지 않았다.

"대표님이 노발대발하셨어. 우리 절대 데뷔 못 한대. 계약해지 하고 전부 다 내보낸대. 다 나가리 됐어. 너를 버리니까 우리가 벌 받은 거야."

서용준은 대표가 왜 자신에게 의리를 지킨 건지 알 수 없었다. 아니, 한 가지 이유가 있었다. 레이블 중에서 아이돌 컨셉 취향이 완전히 똑같은 사람은 대표와 자신밖에 없었다. 동물로 치면 같은 종이었다.

"우리를 용서해줘."

팀 리더가 빌었다. 서용준은 생각했다. 바보 같은 녀석들. 결국 너희나 나나 아이돌이 안 될 팔자였구나. 솔직히 대답해줬으면 하는 것을 물어봤다.

"솔직히 너희도 나 많이 싫어했지?"

"아냐. 안 싫어했어."

"…."

서용준이 침묵하자, 팀 리더가 진실을 말했다.

"이기적이고 잘난 척해서 조금은 싫어했어."

서용준이 말했다.

"그러면 우리 서로를 용서하자."

서용준은 통화를 끊자마자, 저번에 연락 온 경찰에게로 전화를 걸었다. 자신을 배신한 팀원들을 옹호해주기 위해서였다. 아이돌 데뷔는 못 했지만, 사람으로서 맺힌 것은 풀렸다.

'봐. 모두가 비난하는 것처럼 난 이기적인 사람이 아니야.'

서용준은 스스로에게 말했다.

다음 날, 하경애 대표가 CCTV를 확인했다. 연습생들의 분위기를 살피기 위해서다. 화면 속에서 금발 같은 은발의 베이비 펌 남자 연습생이 지나가고, 잠시 후에 서용준의 모습이 잡혔다. 연습실로 들어가고 있었다. 하경애 대표는 서용준을 만나고자 경비실에서 나와 1층 로비를 걸어갔다. 헤어컬러가 머메이드 레드인 여자 연습생이 파우치에서 립글로스를 꺼내다가 하경애 대표를 알아보고는 꾸벅 인사했다.

"대표님, 안녕하세요~. 이제 보이그룹 데뷔시키신다면서요?"

서용준을 뺀 팀원들을 말하는 것 같았다.

"우리 레이블에서 더는 보이그룹 데뷔 안 해."

"예? 8개월 안으로 한 팀 데뷔시키셔야 한다고 들었는데? 어느 팀을….."

"8개월이든 9개월이든, 회사는 내가 이끄는 거니까 너는 연습이나 열심히 해라."

헤어컬러가 연한 핑크색인 여자 연습생이, 밥 스타일이라 부르는 단발의 여자 연습생이, 갈색 히피펌의 여자 연습생이 하경애 대표를 보고는 인사했다.

"안녕하세요! 대표님!"

강민수 이사의 비전대로 레이블 컨셉을 남녀혼성그룹으

로 바꾸려 했다. 한때는 보이그룹 레이블이었지만, 지금은 남자 연습생보다 여자 연습생의 수가 더 많았다.

서용준은 이제 아이돌을 꿈꾸지 않는다. 짐을 챙기려 잠시 회사에 돌아왔다. 서용준은 연습실에 있는 탈의실로 들어가서, 캐비닛을 열고 짐을 빼냈다. 캐비닛 문에 붙어있는 거울을 쳐다봤다. 이제는 더는 필요 없을 것 같아서 앞머리를 올려서 머리핀으로 고정시켰다. 올프컷을 일부러 망치자 두상이 드러났다. 목에 멘 스카프를 벗자 목울대가 없는 하얀 목이 드러났다. 서용준은 여자 탈의실에서 짐을 가지고 나왔다.

하경애는 여자 이름이지만, 남성 대표다. 강민수는 남자 이름이지만, 여성 이사다. 서용준은 남자 이름이지만, 여성 연습생이다.

강민수 대표 때문에 보이그룹 전문 레이블에서 남녀혼성과 싱글에 주목하게 됐다. 더는 보이그룹 전문이 아니게 되자 레이블 브랜드 가치가 하락했다.

그래서 레이블 사생팬들도 떨어져 나갔다. 서용준이 안전하게 편의점에서 술을 마실 수 있었던 이유였다. 그때 편의점 앞에서 했던 말은 다양한 의미가 있었다.

"지금 회사가 변화하면서 '우리'가 많이 힘들어지고 있어. 그런데 해결할 방법이 아주 없는 것은 아니야. 서용준 너도 같이 고민해줬으면 해. 그럼 '우리'가 잘 해낼 수 있는 방법이 떠오를 거야."

이 말의 '우리'에는 팀을 넘어선 다른 의미가 숨어 있었다. 어떤 의미일까? 싫어하지 않는데도 배신하면서까지 팀에서 내보내려고 했다. 서용준은 팀원들이 왜 자신을 배신했는지 알려고 했다. 이 말들이 그 답이었다.

"네가 끼면 우리가 너무 이상해진다고 생각해."

"아이돌은 멋이 생명인데. 멋이 없어져."

"우리는 이사 라인이 아니야."

"우리는 변화를 원치 않아. 우리 미래를 위해 네가 나가 줘야 해."

팀원들은 정통 보이그룹이 될 수 있는 남성이고, 서용준은 남성이 아니다. 그래서 서용준은 그때 쉽게 이해했다.

강민수 대표가 서용준을 이 레이블로 데리고 왔을 때부터 변화가 시작됐다. 서용준이 속한 팀은 보이그룹이 아니었다. 남녀혼성그룹. 강민수 대표는 트렌드는 돌고 돈다고 주장했다. 예전 트렌드인 남녀혼성그룹을 부활시키기 위해 서용준과 다른 여성 연습생들을 WISH 레이블에 데리고 왔다.

데뷔 권한을 쥐고 있는 하경애 대표가 원하는 혼성그룹 여성 멤버는 현대적 감성을 넣어 레즈비언임을 암시하는 보이시 컨셉이었다. 헤어스타일 울프컷을 좋아하는 서용준이 컨셉에 딱 맞아떨어졌다. 강민수 대표는 보이시 컨셉을 좋아하지 않았기에 서용준과 자연스레 거리가 멀어졌다.

팀원들은 한 번도 본 적 없는 이런 실험적인 컨셉으로 그룹이 롱런하리라 예상할 수 없었다. 정통 보이그룹이 되고 싶었다. 게다가 서용준은 잘하는 것도 튀고, 못하는 것도 튀고, 혼자만 너무 튀었다. 이대로 서용준이 센터가 되어버리면, 나머지 남자 멤버들은 전부 병풍이 되어 버린다. 과거에도 남녀혼성그룹에서 중심은 항상 여자 멤버였다. 팀원들은 자신들의 미래가 위험하다고 판단돼서 서용준을 내보내려 했다.

"임마! 어딜가! 너 일루와!"

하경애 대표가 서용준을 발견하고는 사무실로 데리고 왔다.

"너 이번에 애들 사고 친 것 실드쳐줬다며?"

벽면에 붙은 100억짜리 수표를 사이에 두고 하경애 대표와 서용준이 마주 봤다. 옛날 팀원들이 하경애 대표에게 전화해서 서용준에 대해서 좋게 말해줬다.

하경애 대표가 말했다.

"너 의리 있네? 통제가 되겠다…? 이번에 솔로로 데뷔할 생각 없어?"

"그거 다른 친구잖아요. 이름이 정민아였죠?"

검은색 헤어컬러에 쉐도우펌의 연습생의 이름이었다.

"걔 브로커 따라서 도망쳤어. 발랑까진 기집애…. 혹시라도 걔 뜨면 소송 걸 거야."

브로커가 대표와 이사에게 이쁨 받는 친구를 데리고 다른 곳으로 갔다. 모두에게 이쁨 받으면, 당연히 브로커도 그 매력을 아는 게 당연했다. WISH 레이블에 투자하는 BOSS의 라이벌 회사 STRIKER로 데리고 갔다. 하지만 브로커가 아무리 계약에 빠삭하다고 해도, 고작 악어새에 불과하다. 도망친 연습생은 사기죄나 민사소송에 걸릴 수도 있었다.

"강민수 이사가 너한테 주면 괜찮대. 잘하면 제일 잘해서 뜨고, 못하면 못한 대로 제일 뜨는 것. 이기적이어서 재수 없어 보이는 것. 그거 솔로의 재능이야. 그러니 솔로 프로젝트는 네가 먹어라. 너하고 잘 맞는 보이시한 컨셉이야. 쉐도우펌이나 울프컷이나 똑같은 보이시지. 어때?"

트렌드는 돌고 돈다. 과거에 보이시한 여성 솔로가 유행했다. 강민수 이사의 뒷배인 BOSS에서 과거 유행에서 영향을 받은 여성 솔로 프로젝트를 기획했다. 보이시 스타일 여성 솔로가 BOSS가 앞으로 푸시할 컨셉이었다. 자회사인 WISH 레이블을 통해 먼저 테스트할 계획이었다. 강민수 이사는 보이시 스타일을 좋아하지 않았기에 울프컷 스타일의 서용준과 관계가 멀어졌다. 하지만 BOSS가 보이시 스타일을 기획하자, 반드시 성공시켜야 하는 자신의 입장을 위해서 쉐도우 펌 스타일의 정민아를 픽했다. 그런데 정민아가 STRIKER로 도망갔다.

대체할 스타일을 가지고 있는 연습생은 단 한 명뿐이었다. 강민수 이사는 팀 데뷔가 무산된 서용준을 픽했다. 서용준은 어제까지는 모두에게 미움을 받던 오리였는데, 오늘은 하경애 대표와 강민수 이사 모두가 원하는 백조가 됐다. 서용준은 갑자기 잊고 있었던 걸 떠올렸다.

'나는 아이돌이 되기 위해 태어났다.'

끌어당김의 주문이 현실이 됐다.

"정말 제가 데뷔해도 돼요?"

"그럼 누굴 데뷔시키냐? 머리 짧은 여자 연습생들이야 물론 많지. 하지만 그중에서 나와 취향이 똑같은 애는 흔치 않지. 팔은 안으로 굽어야 정상이지."

이 말을 듣자마자 서용준은 머리핀을 뽑아서 다시 헤어스타일을 울프컷으로 되돌렸다. 하경애 대표가 좋아하는 스타일이었다.

"저 실은 이렇게 될 줄 알았어요."

"신기한 녀석이네. 너 속내를 읽을 수 없어서 짜증났는데… 신비주의 컨셉이냐? 너 솔직히 속으로 너만 특별하다고 생각했지? 연습생 애들하고 나는 너의 그 자기애를 봤으니까 이기적이라고…, 아니 재수 없다고 생각했어."

이제는 대놓고 재수 없다고 말했다. 하지만 서용준은 깔깔웃었다. 웃음 속에 벅차오른 눈물을 잠시 훔치고는 말했다.

"그럼 어떤 사람이 아이돌이 되겠어요? 자신을 특별하다고 믿어야 아이돌이 될 수 있죠."

END